# *EEGGÜE O VICHICHI FINDA*

## *Etnobotánica y cosmovisión de los negros cubanos*

Lydia Cabrera  Marcaida

**COLECCIÓN AFRICANA**

Editorial Nuevo Mundo

San Juan, Puerto Rico

Si desea mantenerse informado sobre nuestras publicaciones, sólo tiene que enviarnos su nombre y dirección a:
Editorialnuevomundo@hotmail.com

© 2019, Editorial Nuevo Mundo

**ISBN:** 9781708718527
**ISBN-10**:1708718524
**ISBN-13**: 9781708718527
**GTIN-14:** 09781708718527

Texto literario, diseño tipográfico, portada realizados
por Editorial Nuevo Mundo

# Prólogo

La especie humana ha conservado hasta el presente el hilo umbilical que la unía al árbol y al bosque desde tiempos remotos. Los árboles y los bosques, probablemente por su gran tamaño y a veces por su longevidad, excitaron vivamente la imaginación de las sociedades arcaicas. Tenían vida como los seres humanos y los animales, pero no se movían de un lugar a otro. Los árboles, las montañas y las piedras parecían inmóviles, pero al mismo tiempo podían cambiar y balancearse. La floresta tupida de los bosques hubieron de parecer misteriosos. Incluso los árboles solitarios que se llerguen en medio de la nada simbolizaron una columna que aguantaba los cielos sagrados, una escalera entre el mundo de los dioses y de los hombres, un árbol sagrado.

El árbol fue considerado como encarnación del principio vital, por una parte a través de su ciclo de las estaciones del año representa el retorno de la regeneración, de la eternidad, de los ciclos interminables de las estaciones . Por esta razón aparece en muchas religiones como portador de la inmortalidad, es el ser viviente que tiene la característica de tener y poder dar la vida eterna. Estos árboles se encuentran en algún lugar sagrado, al final del mundo, en donde el cielo y la tierra se unen o en el mismo cielo.

El concepto del Árbol de la Vida o Árbol Cósmico es un mitema o arquetipo generalizado en las mitologías del mundo y está relacionado con el concepto más general del Árbol Sagrado. El Árbol Sagrado tiene muchas varientes debido a los diferentes contextos cultrales en que encuentra, por ejemplo como Árbol del Conocimiento, que conecta al cielo con el inframundo, o como Árbol de la Vida, que conecta todas las formas de creación. Ambas formas son variantes del mismo Árbol Sagrado que son representadas en las diversas tradiciones religiosas del mundo, de diferente forma debido a los distintos patrones culturales, pero en esencia son el mismo árbol.

**En África occidental, la práctica del culto a los árboles se basa en la creencia de que los espíritus ancestrales viven en los árboles y en los bosques, así como en cualquier otra formación natural.**

En África existe la creencia de que el poder sobrenatural del Árbol Sagrado le da la capacidad de absorver los problemas personales del creyente o de trasferir su energía. Esto se logra por medio de atar una prenda de ropa o una tela u otro objeto al árbol.

Se tiene la creencia que objetos que han estado en contacto con este árbol retienen la "emanación divina" mucho después de que el contacto físico haya cesado.

El Árbol Sagrado, Árbol de la Vida o Árbol Cósmico representa la creación y y su corona se extiende sobre todo el mundo. Unifica los tres niveles del cosmos mítico en la forma de un "axis mundi": Cielo (mundo de los dioses), Tierra (mundo de los hombres) y mundo subterráneo (mundo de los muertos y de las energías telúricas) (Sus ramas sostinen los cielos, su tronco se encuentra en el reino terrenal, y sus raíces en las profundidades de la tierra). El Árbol Sagrado se ubica en el centro del mundo y es el pilar central, la columna del centro, el ombligo de toda la creación. Este árbol se ubica en un lugar sagrado. Estos lugares sagrados en épocas arcaicas formanban un paisaje mítico: un paisaje de piedras, de aguas y de árboles llenos de simbolismos. La piedra indica aquí la duración, la indestructibilidad, lo estático. El árbol, con su renovar estacional-periódico, representa el poder sagrado de la vida o de todo lo viviente; el agua y la fuente representan las fuerzas secretas del interior de la tierra, la semilla, la purificación y el nacimiento o comienzo de la vida. Ese paisaje mítico se reduce a un único elemento unificador esencial: el árbol o pilar sagrado, que simboliza el cosmos.

Las primeras sociedades humanas vieron y tocaron los árboles; los utilizaron para alimentarse, calentarse, abrigarse, hacer herramientas con su madera y con los recursos que encontraron en ellos. Estas sociedades los quemaron, cortaron o transformaron en numerosos objetos. Sus sombras daban cobijo, camuflaje y escondrijo a todo un grupo social. Con el tiempo, los bosques y determinadas especies de árboles y animales que vivían en él llegaron a representar diversos conceptos en las imaginaciones de las poblaciones que vivian en contacto con los bosques. La abundancia o la escasez de bosques, y por ende de árboles, en una localidad influyó en el desarrollo de los atributos que se les otorgó en leyendas, mitologías y culturas.

Esa íntima relación arcaica con la tierra, el cielo, el agua, los árboles se encuentra en las raíces más profundas de nuestra mente y es el resultado de nuestra profunda relación con el mundo natural al que pertenecemos desde el comienzo de la humanidad. El Bosque Sagrado es un lugar simbólico rodeado de un aura sagrada y es aquí en donde se celebran las ceremonias más importantes. En el Bosque Sagrado, lo sobrenatural adopta un caracter propio y su poder se manifiesta a los hombres. Es aquí en donde los elementos sobrenaturales se desencadenan y adoptan una manifestación propia (relampagos, rayos, troncos con rostros, etc). En el

Bosque Sagrado se dan los vínculos arcaicos afectivos que explican las relaciones de culto y veneración, así como la protección de los bosques que a su vez nos amparan y protegen. El bosque sagrado esta habitado por presencias de entidades y espíritus tutelares. En cada árbol, cada río, cada piedra y cada ser vivo late una conciencia bien conocida y reconocida por nuestros ancestros.

Árboles, bosques y montaña con el tiempo asumieron características de símbolos divinos, o representaron fuerzas superlativas como valor, resistencia o inmortalidad. Fueron los medios de comunicación entre dos mundos, el de los hombre (profano) y el de los dioses (sagrado). Algunas sociedades hicieron de ellos tótems mágicos. Algunos árboles, por sus carecterísticas especiales, fueron considerados sagrados. Los árboles han tenido a lo largo de la historia humana un gran significado religioso debido a su majestuosidad, por ejemplo la Ceiba para los mayas y taínos antillanos, el Boab para los Yoruba de Nigeria, el árbol del paraiso bíblico, y el árbol de Navidad.

En el medio del Bosque Sagrado se levanta el Árbol de la Vida que es un motivo muy extendido por todas las culturas del mundo, y mediante el cual las sociedades trataban de comprender la condición humana y profana en relación con mundo divino y sagrado. Muchas creencias culturales hablan de un árbol de la vida, que crece sobre el terreno y da vida a dioses o seres humanos, o a un Árbol del Mundo, generalmente vinculado a un "centro" sobre la tierra. Esta creencia es probablemente el mito humano más antiguo, y tal vez un mito de carácter universal.

Se considera que el Árbol del Mundo o Árbol Sagrado tiene sus raíces en el mundo inferior y sus ramas en lo más alto del firmamento (plano sagrado). Por lo tanto es natural y sobrenatural al mismo tiempo. Pertenece a la tierra, pero de alguna forma no es de la misma tierra (plano profano). Entrar en contacto con este árbol, o vivir en o sobre él, significa regeneración o renacimiento de un individuo. En muchos relatos religiosos, el héroe cultural muere sobre el árbol y es regenerado. Hay también la idea de que el árbol sagrado contiene los espíritus de los antepasados, y reconocer el árbol, es reconocer el linage ancestral y su pertenencia a él. Tradicionalmente el Arbol Sagrado es descrito como uno de tamaño descomunal o de características físicas extraordinarias. Tiene poderes omnipotentes de sanar, castigar, realizar milagros, y de poder coferir abilidades exepcionales. Diferentes especies de árboles pueden ser considerados sagrados dentro de una misma cultura.

El Árbol Sagrado representa toda una serie de imágenes simbólicas. Esta situado entre los cielos y la tierra y por ende a la creación y al inframundo. Es un símbolo maternal: es protector, da frutos, provee alimento y tiene usos medicinales. Se yergue como un falo. Por ambas razones puede tener un símbolo paternal o maternal, representando la fecundidad y la reproducción. Sus hojas se caracterizan por la caducidad que es una imagen metafórica de poco durable, de no perdurable, antiguo, anciano. Conceptos que se pueden aplicar a la persona que es de edad avanzada y está perdiendo la capacidad física, pero que retiene la sabiduría que confiere la edad. Por esta razón, los árboles han sido un símbolo ancestral de sabiduría y autoridad. Por otro lado, lo efímero de la existencia de sus hojas y con el consecuente crecimiento de hojas nuevas, se muestra su capacidad regenerativa que da la sensación de poseer el don de la vida.

En África, la gente adora los árboles y los bosques porque creen que los espíritus de sus antepasados viven en ellos. Los árboles que son considerados sagrados son cuidados con esmero y esculpidos, y proporcionan un lugar especial en donde se pueden celebrar reuniones comunales, como festividades y rituales religiosos, formando un paisaje sagrado. De esta forma tienen la función social de estrechar, renovar y mantener los lazos del grupo social.

Se tiene la creencia de que los árboles sagrados tienen poderes mágicos para castigar, curar e incluso realizar milagros. Los árboles sagrados proveen una conexion cósmica entre la Tierra y el Cielo, y también sirven como marcadores de los cambios de las estaciones del año. Entre los pueblos africanos que adoran a los árboles están los Yoruba. En este sentido, los Yoruba fueron un pueblo que fijó su atención sobre la tierra, y no en los cielos como fue el caso de los antiguos Mayas o Egipcios.

En África existe la creencia de que el poder sobrenatural del Árbol Sagrado le da la capacidad de absorver los problemas personales del creyente o de trasferir su energía. Esto se logra por medio de atar una prenda de ropa o una tela u otro objeto al árbol. Se tiene la creencia que objetos que han estado en contacto con este árbol retienen la "emanación divina" mucho después de que el contacto fisico haya cesado. De esta forma, el ser sobrenatural que esta conectado o reside en el árbol puede conceder las peticiones.

Según el mito de creación de los yoruba, al principio del tiempo solamente existía el cielo arriba y el agua abajo. No había tierra firme

La cosmovisión Yoruba basada en su religión. Según la tradición, dieciséis personajes legendarios fundaron el pueblo Yoruba, y la nuez de la palma que trajeron consigo produce un árbol con 16 ramas. Cada rama corresponde a uno de estos personajes. Sobre el Monte Ado se levantaba una de estas palmas (Elaeis guineensis) y en este lugar se encontraba la residencia del sumo sacerdote de Ifá. El pensamiento Yoruba fue topocéntrico, vio el cielo centrado sobre el lugar en donde habitaban. Su Montaña Cósmica esta representado por el Monte Ado y sobre este se encuentra la Palma de Nuez como un Árbol-Axis Mundi, el cual penetraba con sus raíces la Tierra para fecundarla. Composición por Ángel Rodríguez (2019).

como hoy en día. Olorún, el Dios de la existencia, vivía en el cielo, y con él había muchos orishas. Había orishas de ambos géneros (masculinos y femeninos), pero Olorún tenía la capacidad de trascender estas limitaciones y se convirtió en el Ser Supremo. Olorún y los orishas habitaban alrededor de un árbol Boabab joven. Alrededor de este árbol, los orishas encontraba todo lo que necesitaban para sus vidas.... (subrayado por el Editor).

Otro Árbol Sagrado para los Yoruba es el Iroko. M.I. Ogumefu recopiló la siguiente leyenda en su obra titulada Yoruba Legends publicada en Londres en 1919:

*En el bosque hay un árbol gigante llamado por los Yorubas el "Iroko", que es evadido por todas las personas, porque en él vive el espíritu de un anciano que merodea por la noche con una pequeña antorcha y asusta a los viajeros.*

*Cualquiera que vea cara a cara al hombre que habita en el Iroko se vuelve loco y muere rápidamente.*

*Al ver las gruesas ramas y el poderoso tronco del Iroko, los leñadores a menudo se sienten tentados a cortar el árbol y hacer uso de la madera, pero esto es muy desafortunado, ya que provoca el disgusto del hombre Iroko y trae desgracia al leñador y a toda su familia.*

*En cualquier casa que tenga muebles de madera de Iroko, por la noche se escuchan extraños gemidos y crujidos; Es el espíritu del Iroko, encarcelado en el bosque, que anhela deambular nuevamente por el bosque con su pequeña antorcha.*

Las leyendas africanas dicen que las ramas de la copa del árbol Iroko llegan tan alto al cielo que se considera el trono de Dios. Hay toda clase de espíritus que viven en la corteza del árbol y su función es evitar que el Iroko se hunda bajo la tierra. También está la creencia de que el espíritu que reside en el Iroko se puede escuchar en las casas que usan esta madera, ya que la entidad del árbol está atrapada dentro.

Se cree que los primeros africanos introducidos en Cuba por medio de la trata negrera comenzaron a llamar "Iroko", el árbol perdido de sus tierras tradicionales, a la Ceiba debido a su majestuosidad , impresionantes dimensiones y características similares. Llenos de su devoción ancestral, le atribuyeron a la Ceiba poderes sobrenaturales y la consideraron una poderosa divinidad digna de adoración.

Aunque la veneración de ciertos árboles o bosques persiste en las tradiciones actuales (ejemplo árbol de Navidad), el culto a los árboles ha desaparecido casi por completo en el mundo moderno. Pero el antiguo simbolismo arcaico queda en el lenguaje, el folclore y la cultura actual que nos recuerda la íntima relación entre el pensamiento humano y el mundo forestal. Lo que en el pasado fue el Bosque Sagrado es hoy una reserva de la biosfera, un patrimonio natural o una zona protegida. Ahondando en el reino de los símbolos podemos muchas veces explicarnos los vínculos entre los antiguos sistemas de valores y las prácticas modernas.

Lydia Cabrera (20 de mayo de 1899, La Habana, Cuba al 19 de septiembre de 1991,Miami, EE.UU). Fue etnóloga, investigadora y narradora cubana independiente. Sus estudios sobre la presencia y huellas de la cultura africana en su isla natal de Cuba sobre los aspectos lingüísticos y antropológicos son de ineludible consulta, tanto académica como popular. Fue hija del historiador cubano Raimundo Cabrera y más tarde cuñada de Fernando Ortiz.

Entre sus trabajos más importantes se encuentra "El Monte" publicado originalmente en 1954. El punto de partida de esta obra es el cosmos donde los espíritus o entidades sobrenaturales: nacen, viven y se desarrollan: es su mundo y es en donde deciden el destino de los seres humanos y por lo tanto este mundo contiene todo lo profano y lo sagrado. En el monte cubano se encuentra la representación ancestral de la unión entre la Madre Tierra y el Dios Padre Celestial por medio del Árbol de la Vida. Por lo tanto, en " El Monte", el pensamiento ancestral del afrocubano, sus creencias, tradiciones y saberes se insertan como parte de la mitología universal. Sólo por este mero hecho, esta obra merece ser reconocida como todo un un clásico de la literatura cubana debido a que se ha convertido en la Biblia o texto sagrado de las religiones afrocubanas. Años antes de publicar esta obra, Cabrera publicó una síntesis de la misma en 1947 bajo el título de: *Eggué o vichichi finda* en la Revista Bimestre Cubana 60 (1947):47–120 con el apoyo de Fernando Ortiz. La hemos republicado con un extenso prólogo especializado como forma introductoria a la obra, bajo el título de: *EGGÜE O VICHICHI FINDA:Etnobotánica y cosmovisión de los negros cubanos*. La presente obra es una reproducción auténtica del texto

**Raimundo Cabrera (1852-1923). Padre de Lydia Cabrera.**

**Elisa Bilbao Marcaida,Madre de Lydia Cabrera.**

**Lydia Cabrera con William Bascom en Miami, Florida**
**(Foto tomada entre 1970 al 1979)**

**Lydia Cabrera con su informante Francisquilla Ibáñez a la derecha de Cabrera.**

**Lydia Cabrera tomando notas de campo**

# Eggüe o Vichichi Finda

Lydia Cabrera (*)

Un concepto ancestral que persiste profundamente en nuestros negros es el de la espiritualidad del bosque. En el monte, alienta, vive cuanto hay de sobrenatural y misterioso. Las explicaciones de un viejo yerbero descendiente de egguado [1], la de todos los viejos que nos han informado, coinciden invariablemente: "en el monte, Aráoco, Eggo (lucumí) Confindo, Enfindo, Cuallondo (congo), viven los espíritus (Addalúm) los Eggún, (muertos), los Orishas, Alosi, los "Santos Bravos" (o guerreros), Elegguá, Oggún, Ochosi, Changó, Allágguna, etc. "Allí están los muertos— los Echu, "fuerzas", digamos, diabólicas, Illondo —"la cosa mala"— toda la gente extraña y los animales del otro mundo, como Kolofo, que "Dios nos libre". "Todo sale del Monte". El Monte es sagrado: por consiguiente un lugar peligroso para los que penetran en él sin tomar ciertas precauciones y sobre todo a ciertas horas. La mayoría de los

(*) Nos complacemos en insertar este trabajo de la Srta. Lydia Cabrera acerca de ciertos aspectos del folklore cubano derivados de las influencias africanas en la formación demográfica de Cuba. La Srta. Cabrera ya se señaló hace unos años en esos estudios folklóricos publicando un libro de ''Cuentos Negros de Cuba'', que fué traducido al francés, y tiene ya en prensa un nuevo libro, titulado ''Porqué'', en el cual recopila numerosas leyendas y mitos acerca de la cosmogonía y de la vida de los animales, según las explican los negros africanos y aquellos de sus descendientes criollos que conservan en Cuba el tesoro de sus tradiciones.

Aunque este valioso trabajo se refiere fundamentalmente al folklore de las yerbas entre los africanos (eggüe entre los lucumíes, y vititi o vichichi nfinda entre los congos), son tan interesantes como el texto del escrito las muchas y largas referencias o glosas con que Lydia Cabrera ilustra y aclara ciertos vocablos, hechos y ritos. Mis lazos familiares con la autora no han de impedir ni invalidar mis congratulaciones sinceras por sus importantes aportes a la etnografía histórica de Cuba. El que ahora ve la luz, es sin duda uno de los más informativos y documentales que se han editado en nuestra patria acerca de esos temas tan oscuros como populares y entrañablemente nacionales. FERNANDO ORTIZ.

[1] Los Egguados eran lucumís—''Lucumí eggwado''—Dice Fernando Ortiz: ''Hemos hallado un pueblo Addo, localizado precisamente en el pueblo Yoruba

espíritus, duendes, fantasmas, —algunos temibles— que pululan en la vegetación y de los que ni siquiera se sabe el nombre, las divinidades que lo habitan, son en extremo susceptibles y es preciso cumplir con ellos los debidos requisitos para que el monte sea propicio. Para que consienta en que se tome la planta o el palo necesario a la obtención de un fin determinado es menester solicitar respetuosamente su permiso, pagarle religiosamente en metálico, en tabaco y aguardiente, y en ciertas ocasiones con la efusión de la sangre de un pollo o de un gallo, el derecho que todos le debemos. Porque el Monte tiene un dueño, y cada árbol, cada mata, cada yerba, tiene su dueño. (No olvidemos que el negro todo lo humaniza). El ladrón más osado no se atreverá a apoderarse de una hoja sin un reverente "con licencia" y sin abandonarle en buena ley, al dueño, a los dueños invisibles y temidos, unas monedas de cobre.

Las plantas juegan un papel importantísimo en la religión y en la vida profunda de los negros cubanos. Son seres también dotados de alma, de inteligencia y de voluntad, como todo lo que nace, crece, vive y muere bajo el sol, —como cada manifestación de la naturaleza o toda cosa existente. Por sus virtudes curativas, (todo remedio hay que ir a pedírselo al Monte) y por el poder mágico, ofensivo o defensivo, que le atribuye el negro, éste no puede prescindir de invocar su ayuda y se vale de *Eggüe* o de *Vichichi* en todas las edades y vicisitudes de su vida. La magia, que persigue el dominio de fuerzas ocultas y poderosas, que les permita mandar y ser obedecidos, es la verdadera preocupación de nuestros negros: árboles y plantas son elementos indispensables en toda hechicería e intervienen en todos los ritos de su religión. Brujos son nuestros negros en el sentido individual que la verdadera magia, ortodoxa en sus orígenes, con sus ritos y prácticas encaminadas al bien de la comu-

o Lucumí. Pero probablemente este pueblo será el de la importante población llamada Egbado por Dennet, también lucumí o yoruba''.

Gabino Sandoval,—descendiente de Egguaddo—nos dice: ''Eran los primeros entre los lucumises por su lengua, muy fina. Su patrón era *Obatalá*''.

Muchos de mis viejos consultados están de acuerdo en que el mejor dialecto de los hablados en Cuba por la gente de nación lucumí era el de éstos egguaddo, añadiendo uno de ellos, ''que era el lucumí más benévolo, el más noble de todos.''

En el pueblo de Pedro Betancourt para una centenaria ''los lucumís verdaderos son Arátacos o Itacos son los mismos'' (o Tao, como insistía la difunta Amalia Samá cuyo nombre en africano era *Adufé*). Y otro viejo de la misma jurisdicción: ''Arátacos es lo mismo que Egguaddo, Yóba, Eyó, Ibo, los más lucumises''. Tácuas y Yéchas,—muy conocidos aquí—también eran lucumís.

nidad, reprueba y condena; brujo en provecho personal y en detri-
mento de sus semejantes, si la ocasión se presenta. Con *Eggüe* como
la llaman los descendientes de lucumí (nagos o yorubas) o *Vichichi*
los descendientes de congos [2] (bantús), abarcando el término hojas,
troncos, raíces, se cura un simple dolor de estómago o una llaga. Y
también por medio de *Eggüe* se consigue aquel efecto sobrenatural
que ningún hombre, de contar sólo con sus pobres fuerzas, ésto es,
sin el recurso de la magia, podría lograr, se "desbarata" un hechizo,
se purifica el individuo, se conjura una mala influencia, se aleja de
casa una desgracia, una persona inoportuna, se vence a un enemigo. La yerba, con un interminable repertorio de aplicaciones, ya en
el campo de la medicina popular, ya en el de la magia, responde a
cualquier demanda. Así no es de extrañar que agentes indispensables en sus vidas de la salud y de la suerte, como veremos más adelante, nuestros negros tengan un gran conocimiento de las virtudes
curativas y de los poderes espirituales, mágicos, de las plantas...

---

2  *Congos.*—Como los yorubas o nagos (lucumís) también se importaron
en gran proporción negros de la cuenca del Congo de lengua bantú; Congo,
Angola, Maní, Loango, Nóngoba, Masongo, Mondongo, Mombasa, Musundi,
Mumbala, Layombe, Munyaka, Kisi, Angunga, Entotera, Babumbo, Musundi,
Mobangué, Briguela, Loanda, Gangá, etc.

Dos culturas negras (bantú y yoruba; en más leve proporción la del Sudan
Islamizado), han dejado, en lo que respecta a la religión del negro cubano, una
huella honda y viva, dividiéndose casi por igual el campo religioso e imponién-
dose con su música y sus bailes.

Los cultos de los lucumís,—incluyendo a los ararás, (Regla Arará) que nuestros viejos consideran también lucumís—representan para sus descendientes criollos, —dejemos hablar a los mismos negros, "una religión como la de la Iglesia;
en *Ocha* se hace gori-gori pidiendo por el bien de todos; salud y satisfacción
para todo el mundo".

Sus sacerdotes, "el *babala* es el cura, cuando registra por la mañana, que
abre el día, registra para velar por la tranquilidad de unos y otros, ahijados y
no ahijados". Es decir que los "sacerdotes" *Ocha*, se dirigen, como el sacerdote católico, a las divinidades, implorando su protección para toda la colectividad...

Los Congos, en cambio, son los hechiceros. ("*Congo-Angola, Sié, Sie,* lo mismo
que siembra maní Angola, siembra maní la Bana"). Conga es la brujería.

"Los santos lucumíses", —explica un santero— "son de mucho respeto, no
son *brujeros*, no se prestan a *bilongar*. Para eso está *Mayombe*".

"*Ocha* protege a sus hijos de daño, también trabaja para ayudarlos, pero
necesita tiempo; y, aunque el santo lucumí, como es santo, a la larga es más
fuerte que el congo, cuando se quiere hacer un "trabajo", o un daño rápido,
se va a los congos".

"Santo lucumí no permite aguardiente en sus fiestas; solo se bebe *chequeté*.
El Mayombe bebe aguardiente y prende candela".

El mismo negro entiende que "Lucumí es religión", "para todo pide el
favor de Dios": y Congo es magia. Aunque escuchando a unos y a otros, de
veras que resulta muy sutil la diferencia!...

Tan importante es sanar un dolor físico como librarse de una mala
sombra, de *Malembo* o de "ñeque". Toda calamidad posible tiene
un preventivo en alguna yerba y el mal que causa una, otra puede
neutralizarlo o repararlo. Causarán bien o mal según el deseo y la
intención de quien las arranca y utiliza. La palabra, la conminación
mágica, determina su efecto.

En el campo, las boticas no han podido hacerle competencia
a la botica natural que todos tienen al alcance de su mano en el
matorral más próximo, con los nombres vulgares y pintorescos trans-
mitidos de generación en generación. El bicarbonato no goza de
mayor prestigio que el gratuito cocimiento de la albahaca morada
de *Oggún* o de la mejorana de *Obatalá*, y para el menor achaque
del cuerpo o contratiempo de la suerte, cualquier mujer de color,
joven o vieja, cualquiera blanca de la tierra, sin que necesariamente
sea *Iyálocha* [3] (sacerdotisa) y tenga para recetar que consultar sus
libretas de *Diloggún* (caracoles por medio de los cuales se adivina,
"hablan los Santos" y según el número de los que caen en una posición u otra auguran o responden a las preguntas de los hombres),
nos indicará la larga serie de yerbas que le inspiran más confianza

---

[3] *Iyálocha* o madre de santo. La *santera* lucumí como también se le
llama corrientemente. La sacerdotisa de la Regla *Ocha*. La que cuida del santo
que la ha escogido y hace santo, inicia, asienta a los demás que también reclama
un *Orisha*, o a los que por motivo de enfermedad se ven obligados a "recibir"
a un santo que se dedicarán a adorar en adelante toda la vida en calidad de
hijo o de hija. Este en recompensa les librará de la enfermedad o de algún otro
quebranto, material o moral, que siempre se interpreta como indicio de la voluntad, a veces de la impaciencia del santo. (Ataques, con frecuencia, u otros fenómenos nerviosos. Mala suerte, etc.).

La *Iyálocha* adivina el pasado, predice el porvenir por medio de los *caracoles*, sacrifica, (solamente las aves; no puede matar animales de cuatro patas)
impone collares, hace "*ebbós*" y lava cabezas; es decir refresca el Angel, el
"*eleddá*" que "radica en el medio de la cabeza" *(Eri)* o le dan de comer
cuando éste lo pide. Curan obedeciendo instrucciones directas de los santos.
Deben de conocer muy bien las yerbas...

A veces el santo no quiere que su hija "asiente", esto es que sea madre.
Al tercer día de su iniciación *Ocha*, (el día de *Itá*, el día en que junto a su
madrina y su *Ollúbbona* otras *iyálochas*, *babalochas* y *babalaos* reunidos en torno suyo "registran" su porvenir) conocerá la voluntad de los *Orishas* y de su
Angel (su santo); sabrá de los alimentos y de todas las cosas de que habrá de
abstenerse; del modo en que deberá vivir en adelante.

"Si se hace santo" (comentando con otros viejos Calazán Herrera, *Bangoche*)
"se hace por enfermedad, por salvar la vida, porque no queda más remedio; y
si se es cabeza grande, que el Santo lo escogió a uno y uno tiene que rendírsele
¡Ahora todas son *Iyálochas* y todos son *Babalochas*! Antiguamente no eran tantos los asentados. Se lavaban las cabezas, se bautizaban los collares... La *Iyálocha* trabajaba, el *Babalao* trabajaba. En su casa se les encontraba los domingos; los demás días *Iyálocha* iba a vender bollos, chicharrones o frutas a la

que la medicina del farmacéutico y en la que no actúan, como en éstas, un poder espiritual, una fuerza mágica. En cada yerba opera un "santo", una divinidad.

"Las medicinas están vivas en el Monte" —me dice un viejo que no logré se dejara tratar por un médico amigo mío que prometía aliviarle de un reuma rebelde, —"yo conozco la yerba y su santo; sé la que me conviene; lleve Ud. a su médico a la manigua a ver si sabe él, como yo, la que tiene que coger para quitar un catarro". Más que nada es la fórmula mágica la que cura.

En la Habana, donde la civilización, este aspecto sólo material de la existencia que nada tiene que ver con la cultura, ni con el desarrollo de facultades y de valores espirituales, el progreso material penetra sobre todo en especie de aparato de radio, escandalosamente en los solares y casas más humildes; el negro, no obstante su adaptabilidad, ya tan alejado por el tiempo y el espacio de la raíz de su origen, sin nuevos contactos directos con ésta desde que

---

plaza del Cristo, a los muelles, o a colocarse de cocinera o de lavandera. Pero hoy... a ver como vive de ancho y de sabrosona una *Iyálocha!*" De éstas el simpático viejo Calazán se complacía en burlarse describiendo sus costumbres.

"Por la mañana la *Iyálocha:* ¡Ay, me he levantado con el cuerpo cansao! ¡Nena! (esa es la "ahijada" que llega temprano) ¡Nena, recógeme allá adentro, hija!

Nena dá escoba, Nena dá trapo, cuando el suelo está limpio que lo barrió y lo fregó, Nena coge el plumero. La *Iyálocha* se sentó frente a la puerta en su sillón.

—"¡Ven acá, Jesús!" (a uno que pasó por la acera.) Conversa con Jesús, que le cuenta los chismes del barrio y luego le pide un cigarro y que le traiga café.

—"¡Nena, pón agua en la candela!"

—"Si, señor, madrina".

—"No lo hagas muy aguado, hija".

—"Yá está. Tenga, madrina". Bebe su café, lo bebe sentada.

—"Mira Nena, ¿que te parece que hagamos de almorzar?"

—"Lo que usted quiera".

—"Pues vé a la plaza y compra..."

Nena vá a la plaza; vá a pie para ahorrarle el medio a la madrina. Como la madrina está cansada, tiene el cuerpo pesado, ella hace el almuerzo y se lo sirve. Nena come lo que sobró. Luego... —"¡Nena! No tengo cigarros. Ve a buscarlos".

—"Si señor, Madrina".

Cuando vuelve con los cigarros, lava los platos. La Madrina sigue con el cuerpo pesado, meciéndose en el sillón, así que cuando vá llegando la noche le dice:

—"Nena, hija, vé ajuntando la candela".

Y Nena hace la comida...

Cuando no es Nena es Juana, y cuando no es Juana es Pancha... Así viven

cesó la esclavitud, es decir, desde hace casi un siglo, defiende, sigue aferrado con tenacidad increíble en más de lo que a simple vista puede imaginarse, a las creencias y a las prácticas de sus antecesores. El mismo negro capitalino que se dice progresista y se considera, orgullosamente, consciente de sus derechos, en el mismo plano de igualdad que el blanco, sigue recurriendo al Monte; y en sus casas *Eleggúa* sigue y seguirá vigilante detrás de las puertas, con sus ojos de caracol, esperando que una vez al mes por lo menos, (es lo prudente para tenerle contento), se le dé sangre de pollo o de jutía, cuando no pide, pero muy de tarde en tarde, que se le mate un *Ecuté* (ratón) en la misma habitación donde no es raro leer en una litografía del Sagrado Corazón de Jesús suspendida a la pared: "Dios bendiga nuestro hogar". Sincretismo religioso reflejo de un sincretismo social que no ha de extrañar a nadie en Cuba, y que analizó entre nosotros hace más de cuarenta años Fernando Ortiz, en sus "Negros Brujos". Siempre los santos católicos han convivido en Cuba en la mejor armonía e intimidad con los "santos" africanos. Al fin y al cabo, como decía la difunta Calixta Morales, que sabía su catecismo de memoria y fué una de las *Iyálochas* más honorables de la Habana: "los santos son los mismos aquí y en Africa. Los mismos con distintos nombres. La única diferencia está en que los nuestros comen mucho y tienen que bailar... los de ustedes los blancos se conforman con incienso y aceite... y no bailan". Son tristes nuestros santos, en efecto, que no aman el baile y no bajan a codearse y a dialogar familiarmente con los hombres.

De acuerdo con lo que diga *Ifá* [4] o *Diloggún* [5] el *Vititi Mensu* (espejo mágico del *Mayombero*) o el "Ser", de algún medium espiri-

---

[4] Ifá —(Orula)— Se consulta Ifá, (que sabe el destino de cada mortal) "con una cadena que sólo maneja el *Babalao*"; *Opkvelé* ú *opelé* se llama esta cadenilla, conocida también por "cadena de San Francisco", "cadena de Orúmbila" o *Ifá*. Lleva ocho cáscaras soldadas a los eslabones. Como el caracol, según caen en el tablero, se interpretan las palabras, los vaticinios, de *Orula*.

"*Ifá* pertenecía al Mono, que era *Agguo*. *Changó* salió a cazar, se encontró al Mono, lo amedrentó y se apoderó de su secreto (de *Ifá*). *Changó*, pues, era el verdadero *Agguo*. Cuando *Obatalá* supo que éste se había adueñado de *Ifá*, le dijo al dios del trueno: si tienes la gracia, coge el tablero de adivinar. *Obatalá* (u *Olofí* en otras versiones) quería librarse de *Ifá*; no sabía a quién darlo. De modo que confirmó a *Changó*, antes que a *Orula*, de dueño de *Ifá*.

[5] *Diloggún*. "El caracol" como medio de adivinación.

"El Santo se incorpora en la piedra, pero habla en los caracoles".

Se utilizan para adivinar diez y seis caracoles *(Obboiño)* a los que se le quita con una lima o una cuchilla un pedazo de la parte posterior; y quedan dos más

tista consultado, o cuando no hay más remedio, el negro acude a los hospitales, se jacta en ocasiones de haber sido operado, —la cicatriz que deja una operación es como un tatuaje que puede ostentarse en el cuerpo—, recibe las medicinas del dispensario, quizás las toma; pero en su fuero interno confía más por atavismo en la mágica de *Eggüe* o de *Vichichi*, en la receta del santero que una divinidad ha dictado. Jamás deja de ser el "hijo de la selva", —del monte— que despierta en su ánimo un sentimiento mezclado de euforia y de un profundo y temeroso misticismo. El remedio o la salvación milagrosa están en el monte... y en cuanto a las enfermedades son, por lo regular indudablemente, obra de algún *"bilongo"*, de un *"daño"*, de una *"umba"*. Nunca el enfermo tarda mucho en convencerse de ello, y una remota sospecha que no se ha confesado a sí mismo se convierte en evidencia después de un "registro",

o cinco sobrantes, pues el *Diloggún* de *Elegguá* consta de veinte y uno. A estos caracoles que permanecen mudos el brujo llama *Adelé*: "estos no hablan".

Van acompañados de una pedrezuela bien pulida, oscura; de un caracol distinto a los demás *(Ayé)*; de un *Aggüe-áyo*, (semilla de guacalote) y un pedazo de *Efún*, (cascarilla de huevo). No he visto la cabecita de muñeca, antigua pepona de loza, de que hablan algunos santeros y que formaba parte de estos objetos que en conjunto reciben el nombre de *Ibo*. Se le añade también un huesecillo, la vértebra del espinazo de un chivo o de un carnero, "para demostrar que el santo del *Olocha* comió animal de cuatro patas".

El *Olocha* vierte un poco de agua tres veces en el suelo y murmura *"Omituto, Ana tuto, tutu ilé, tutu laroye"*... (Agua para todos los espíritus, los santos y los *Eggun* —para los de casa y para los de la calle)— Empuña los caracoles y comienza sus rezos, mientras los fricciona unos con otros, y toca la frente del que vá a "registrarse" con el puño de la mano derecha en que guarda los caracoles... Dice: *cosi ikú, cosi aro, cosi ofó, eri kubabaguá;* esto es: No venga la muerte, ni la enfermedad, ni la desgracia; ni accidente (riña o calamidad motivada por una discusión) lejos todo el mal que pueda presentarse súbitamente (en cabeza del que viene a consultar a los orishas) y termina:

> *Unsoro obi paoffo: unsoro obi paobi:*
> (Ni bien para mal, ni mal para bien)

Luego lo apoya rápidamente en los hombros, en el pecho y en las rodillas del consultante y desparrama los caracoles sobre la mesa.

Según la posición y el número de los que caen presentando la parte inferior o superior "habla" un santo o varios santos a la vez: la *Iyálocha* o el *Babalocha* son los intérpretes de lo que "dicen" los santos en *Diloggún*.

Todo lo que puede expresar el caracol mediante estas combinaciones, ("letras" *"oddun"*), está consignado en libretas que guardan cuidadosamente los santeros y que pasan de mano a mano —son los libros de texto—, con las ofrendas *(ebbós)* y los "derechos" que cobran los santeros por estos ritos propiciatorios que conjugan muerte, enfermedad, camorra, trastornos de orden material, "malas sombras" "malos ojos" "malas lenguas", etc. etc. o procuran, al contrario, salud, suerte, amores, dineros; triunfos de toda índole.

Sobre la mentalidad, las costumbres, la vida y las necesidades del negro, dicen mucho estas "letras" u *Oddun* de los santos. Basados en sus problemas habitua-

cuando el *Babalao* [6] o el *Mayombero* [7], que no dejará nunca de consultar, aún cuando en alguna ocasión se haya expresado de ellos
en forma nada respetuosa, —éste personaje milenario, en que se
funde el adivino, el médico, el encantador... y el sacerdote— le

---

les, a veces el adivino no da pie con bola cuando "registra" a un blanco ajeno
a toda creencia, digamos superstición afro-cubana. Vamos a suponer que han
caído siete caracoles "boca arriba" como dice el santero y tres "boca abajo".
A esta combinación se le llama *Oddi*: Y en *Oddi* habla *Yemayá*. Oigamos a la
*Iyálocha* que repetirá más o menos como aprendió en su libreta: "Dice *Yemaguá*
que tiene usted un familiar muerto; que no le ha dado usted comida a ese muerto
y que él quiere que usted se la dé. Por ese motivo está usted atrasada y no encuentra colocación ni tranquilidad en ninguna parte".

Los blancos no suelen alimentar con manjares el espíritu de sus muertos, a
menos que no estén debidamente iniciados en las prácticas negras. La *Iyálocha*,
si es hábil, trocará el alimento material en misa o aconsejará más prudentemente
ponerle al muerto "un vaso de agua con flores blancas y agua de florida de
Mulrray". El conflicto puede surgir si añade: "tiene que haber *ebbó;* dele una
comida al muerto, otra a *Yegguá* y otra a *Yemayá*. Es *Yegguá* quien manda el
*ebbó*, (la dueña del cementerio): un guineo, bija, coco, maíz tostado, manteca de
corojo, ñame y una tela rosada. El derecho vale siete pesos cincuenta centavos
(además de lo que cueste el guineo, la tela, etc.) Y para el alma del difunto un
gallo, quimbombó, miel de abeja y una jicarita colmada de aguardiente (otros
siete pesos cincuenta), y por último un gallo para *Yemayá*. El "atrasado" vendrá a gastar unos quince pesos cincuenta y ocho centavos, que son para el santo
y que cobra y embolsa en su nombre el santero, y aparte los "ingredientes".

Estas "letras", profesías, consejos, esclarecimientos o mandatos de los santos que se hacen cargo de prevenir y defender a los hombres van encabezados por
"relaciones", (*patakin*) que recogen episodios de la vida de los *Orishas* y que
son preciosos para el estudio de lo que ha llegado hasta nosotros de las mitologías,
cuentos, proverbios y fábulas de los negros del Africa occidental.

El santero no se separa jamás de su mano de caracoles que
guarda en un saquito de tela roja, heredados a veces del padrino o de la madrina
o de sus padres, y que tantas veces los acompañan a la tumba.

No es exagerado afirmar que los caracoles deciden de la vida de muchos individuos que los consultan en toda ocasión; corren a "hacerse un registro" y el
caracol siempre los saca de dudas.

"Sin los caracoles, la verdad es que uno no sabría por dónde se anda". "Mi
caracol todo me lo advierte! Cuando vienen a soplarme el polvito o a romperme
el huevito en la puerta, ya yo estoy preparada y son ellos los que tienen que andar corriendo". "No se va a probar fortuna sin contar con lo que aconseje
*Diloggun*... Una cosa piensa el borracho y otra el bodeguero".

A consultar el *Diloggun*, acude el pueblo entero de Cuba: y aún algunos Padres de la Patria y algunos altos funcionarios de sus gobiernos sucesivos.

[6] *Babalauo o Babalao.* Por debajo del *Babalauo*, quedan el *Olúcha* o *Babalocha* y la *Iyálocha*. A la cabeza del sacerdocio de nuestros lucumís figura el
*Babalauo*, después del *Agguó* que ha sido escogido por *Orula*, una vez el "santo hecho". El Adivino por excelencia. Le sigue el *Olúo*.

La palabra de *Babalauo* es lo que predomina... "*Ifá* es la máxima autoridad y
*Babalocha* e *Iyálocha* tienen que consultar y acatar sus fallos". Como dice G.
S. "*Babalauo* es el que, en último término, profundiza, dilucida y determina".

El *Babalauo* preside todas las ceremonias, las más importantes. En el Asiento,
será el que revela quién ha de elegirse como madrina de santo... Hasta tres *Ba-*

revela de pronto, abriéndole los ojos, describiéndole minuciosamente, los rasgos físicos y morales y el objeto verdadero que persigue con secretas y aviesas intenciones, alguien hasta entonces insopechado,

*balauos* se pueden consultar en el caso en que no se está de acuerdo en escoger la madrina indicada por *Orula*: "Entonces "se tira", se "registra" hasta llegar al fondo de la cuestión". No puede hacerse un *entuto*, la ceremonia que tiene por objeto conocer la voluntad de un santero o de una santera muerta, con respecto a sus santos y pertenencias sagradas, si expresamente designa a un heredero que habrá de consagrarse por vida, como el difunto, al culto de estos objetos; o como suele suceder —si desea que la acompañen en la otra vida, en cuyo caso, serán enterradas "porque quiere llevárselas el muerto al *ilé de Yansa*".

En el *Itá* (la lectura del porvenir que se hace al asentado el primer día del Asiento); en las enfermedades graves, (cuando ya el *Diloggún* ha dicho la última palabra). Se comprueba con lo que vaticina *Ifá*: cuando existe la menor disparidad, se actúa siempre según el consejo de *Orula*. Las "rogaciones" más decisivas se hacen "al pie de San Francisco"; es decir, es el *Babalauo* quien las ordena y es el *Babalauo*, en fin, quien se responsabiliza en todas las circunstancias más serias y delicadas de *Ocha*.

*Iyálochas, Babalochas y Olúos* están supeditadas al *Babalauo*, "como la Audiencia al Tribunal Supremo"... "como los Ministros al Presidente".

Y queriendo hacer más clara la definición del lugar que les corresponde en el *Ocha* a estos hijos de San Francisco, me dice un futuro hijo de *Orula*:"*Babalauo* es el mandamás de la Santería".

Y por consiguiente es el que más gana también: como los *Babalochas* y las *Iyálochas* no pueden matar animales de cuatro patas, por cada pata de animal sacrificado se le abonan $1.15 ó $1.35, según "marca" el Santo. Es también el "*chévere*" de la Santería. Oigamos algunos comentarios interesantes: "¡*Babalauo*! ¡todas las mujeres le parecen pocas!"

"El *Babalauo*, además de su mujer por obligación debe tener en la casa a otra mujer que sea una "hija de *Oshún*, para que atienda al santo. La "*apestevi*"... Antiguamente, esta mujer "que era la mujer de *Orula* (el santo la elegía) le estaba consagrada por toda la vida y no podía tener relaciones con ningún hombre"; pero no era menester necesariamente que viviese bajo el mismo techo del *Babalauo*. Eso sí, el *Babalauo* estaba obligado a costear todos sus gastos: a veces, según me informa algún viejo, eran mujeres casadas a quienes tocaba este honor que a veces implicaba el sacrificio (en el caso de una amiga de Calivto Morales (*Oddeddei*) de abandonar a su marido.

"¡Qué sucedía con la *Apestevi* y el *Babalauo*, cuando el *Babalauo* tenía su mujer, al que le dolía el bolsillo... pagándole a la *Apestevi* la comida, la ropa, el cuarto, la medicina: y acababa por meterla en su casa y hacerla su concubina!"

Lo curioso es que "la *Apestevi* y la mujer del *Babalauo* se llevan siempre bien. No "pelean". Salvo alguna excepción que conozco.

7 *Mayombero*: se dice por brujo. Así se les llama en toda la Isla.

Mayombe es región del Congo Belga.

*Villumbero, Kimbisero*, también se refiere al mismo género de individuos "que andan con muertos y palos".

"Santero" brujo es *Gangulero*.

En la libreta de un mayombero leemos: "el Uganda" (comarca de la región del Nilo alto N.O. del lago Victoria, Africa Oriental) "es un brujo"; un informante dice: *Ubanda*" y así también aparece escrito en un cuaderno datado del 1900 del *Diloggun* de Gabino Sandoval entre otras voces de un vocabulario, —según él yésa—, pero corrientemente nunca he oído aplicar ese nombre a nuestros hechiceros. *Agguggú*, sí.

LYDIA CABRERA

y único causante de sus males. Está de más decir que con frecuencia son estas enfermedades las que suelen curarse mejor si a tiempo de "registrar" (y de sugestionar) interviene el adivino. Productos de una brujería que cree no barruntar el que la padece, sólo otra brujería puede contrarrestarlos con éxito... A menos que no haya sido hecha por un chino, cuya magia se reputa la peor y la más fuerte de todas y que al decir de nuestro pueblo, sólo otro chino es capaz de anular. Pero desgraciadamente ningún chino deshace el maleficio, la "Morubba" que lanza un compatriota. Muy temible es también la brujería de los isleños, —naturales de Canarias— que nos han trasmitido gran número de supersticiones, y "que vuelan" —las isleñas— "como los brujos de Angola: se dan tres palmadas en los muslos y diciendo "sin Dios ni Santa María", levantan el vuelo.

Cuando no es producto de un "Kindambazo", de un hechizo, la enfermedad de seguro es castigo merecido y a veces también caprichoso que dispone el cielo, pues provoca una falta cometida, un acto de irreverencia o de desobediencia al mandato de una divinidad. Sobre este concepto tan primitivo que nuestros negros tienen de la enfermedad. es bien típico el caso que refiere la hoy centenaria Teresa M. que fué en sus buenos tiempos costurera de muchas familias antiguas y opulentas de la Habana, conocida en la "crema" de la santería de los días de la colonia, en las fiestas del Cabildo "Changó Terddun" [8] y de las casas de santo, en el "Palenque" [9] de los

---

8  Eran los cabildos o congregaciones (con carácter religioso) de negros africanos y sus descendientes, pertenecientes a una misma tribu o nación. Nombraban un capataz y una reina, individuos distinguidos entre ellos por el rango que habían tenido en su tierra y por su capacidad; y, como dice Fernando Ortiz, trataban de revivir en sus fiestas la vida de la patria ausente. (Véase: FERNANDO ORTIZ, Los Cabildos Africanos).

Todas las "naciones", tuvieron sus Cabildos. Venían a ser "templo y sociedad de recreo y de socorros mutuos" y en la que los miembros se obligaban a auxiliarse en todo recíprocamente. En este sentido los Carabalí Suama han dejado el recuerdo entre los viejos de haber sido los que más se ayudaban entre sí.

"Los platos que se ponían en la puerta de la casa de un Carabalí muerto se llenaban enseguida de dinero".

"Para ayudarse los Carabalís Suama!" (Son los introductores del ñañiguismo, dicen).

El de Changó-Terddún (de Santa Bárbara) aún se recuerda con orgullo: uno de sus fundadores se llamó Román Rodríguez, un lucumí, Latticuá-Achiku-latticú.

"Cuando los criollitos se metieron en el cabildo Changó-Terddún" me cuenta el hijo de este Latticuá Achicú latticú, "se hicieron dos bandos: el de los criollos, que querían presumir y el de los viejos intransigentes, que los criollos, "los chéveres" empezaron a llamar los Arákisa —gente descuidada, sucia. A media-

*ibelles* o en el "Pocito", por *"Omi-Tomi"; su nombre verdadero, el que le designó el santo, su nombre secreto lucumí.

Todos los "asentados" en la *Regla Ocha*, es decir, los que han pasado por las pruebas de la iniciación que les otorga la categoría de *Omó-Orisha*, hijos del santo, como si dijésemos sacerdotes y sacerdotisas y los "rayados" en las de *Palo*, tienen dos nombres: el cristiano que reciben en la fuente baustimal y el que les otorga el

---

dos del siglo pasado, *Changó Terddún* ocupó una casa en la calle de Jesús Peregrino; luego en Jesús María —Gloria entre Indio y Florida—... "Entonces era un gran cabildo". La sombra de un cabildo de Santa Bárbara, existe aún en Pogolotti, "aunque *Changó* dice que él no es de Pogolotti". El Dr. Pérez Beato publicó en el "Curioso Americano" el sello de este cabildo.

9 Alrededor del 1887, en una finca de la Jurisdicción de Marianao llamada "El Palenque" que se constituyó en un barrio lo mas típicamente africano, más allá de la Lisa, frente a la casa llamada del Cura, vivían muchos lucumís y criollos, "ahijados" de los *Ibelles;* dos santeros jimaguas muy conocidos y con numerosos "ahijados" también en la Habana. Les llamaban los "Papá Jimaguas", Perfecto y Gumersindo. Poseían también una casa en los "Sitios" y en "cada casa una mujer" Ñá Chucha y Ñá Pilar, eran mujeres de Gumersindo. Ñá Cecilia Pedroso, "muy respetada por su fundamento y su tono" era esposa legítima, "esposa de legítimo sacramento" de Perfecto. Algunos contemporáneos aseguran que estos *Ibelles* eran propietarios del "Palenque". Lo cierto es que gozaban de mucha fama y estimación entre los negros de entonces.

Celebraban todos los años la gran fiesta de *Baloggué*, santo que debe estar en el monte, a cielo abierto y que como todos los santos que no deben tenerse dentro de la casa, como *Oggun* y *Ochosi*, se cubría con una enredadera de ñame. El Templo del Palenque era, naturalmente, el de los *Ibelles*, San Cosme y San Damián, aunque allí los santos fundamentales eran *Balóggue* y *Orichaóko,*—San Isidro Labrador, representado por una teja con los atributos de la labranza (*Orichaoko* es labrador y "dueño de las viandas").

En cuanto a los "ahijados de Santo", los asentados por los Papá Jimaguas, tenían a *Inle*, (San Rafael) "que no bajaba a cabeza todos los días", sino en las grandes ocasiones, como *Obba* y *Orichaoko*, y de "tanto respeto, tan delicado de tratar y tan profundo", aseguran los viejos "que pocas gentes lo entienden y hoy casi nadie se atreve a tenerlos".

En el Palenque sólo había lucumís; se contaban muy pocos congos. En cambio también en Marianao, el "Pocito", vecino al Palenque y que es hoy baluarte de Abacuá, o "Ñáñigos", y era exclusivamente de los gangás, que allí se congregaron después de la esclavitud. Las fiestas del día primero de año eran tan famosas como las de *Baloggue* y *Orishaoko* en el Palenque. Al amanecer de esta fecha, iban al río con sus tambores a darle de comer a *Cunabungo*, al río. Luego, durante todo el año se guardaban religiosamente estos tambores. Adoraban los del Pocito a *Eleggúa*, Las Animas, y se advertía la presencia predominante de individuos de nación conga; sin embargo no había, ni hay sectarismo entre los negros.

Un *Babalao* puede a la vez "rayarse" en Mayombe y manejar todas las "Prendas" que sea capaz. Las creencias de nuestros negros, salvo ligeras diferencias dentro del marco ancestral en que aún se mantienen, son puramente superficiales y no pueden por menor de conservar la unidad de fondo de un origen común, que no escapa al observador más distraido. De lo que piensa un descendiente de congo, a lo que piensa un descendiente de yebú o de dajomé la distancia es corta.

*Orisha*, el Angel, o la *Ganga* o "fundamento" que ha pedido su cabeza, y que no conviene divulgar.

Hija de esclava mina [10], Teresa M. fué emancipada al nacer, a la par que su madre africana, y criada "no en el fondo de la casa, en la cocina y el traspatio" como recalca llenándose de orgullo cada vez que evoca sus recuerdos, con esa memoria asombrosamente fiel y clara que parece ser, con los dientes sanos y firmes y la alegría inagotable a prueba de calaminades, uno de los privilegios de los viejos criollos: "Crecí en la sala como señorita blanca". Con todos los cuidados y la ternura excesiva que hubieran prodigado aquellas señoras a una hija. Ambas llevaron su amor por la negrita, —negra como azabache pero que vino a llenarles el vacío de una maternidad frustrada— hasta el extremo de dejarla por heredera universa!

---

[10] *Mina.*—De la Costa de los esclavos, al oeste de Dahomey, (F. ORTIZ) Mina Popó era su madre.

"Los Minas eran también lucumís". "En tiempos de mi madre había Minas todavía", dice Teresa M. *Omi-Tomí.* "Pocos". "Había un cabildo Mina en el barrio de Jesús María".

"Cuando yo era niño" dice el viejo Baró "ya casi no jugaban. Tampoco yo alcancé a los Congos Angunga. Conocí a una tia materna mia que era Yebú. (ese era lucumí malo, dicen); como los carabalís Bisi, que comían gente y se afilaban los dientes, lo mismo que carabalí Apapá. En el batey del Santa Rosa cuando era muchacho y me arrimaba a los viejos, un viejo Odllo, que era de tierra Móbbwa me decía que los negros Mozambique que se acabaron pronto, eran como los Minas, de los más despiertos que venían, porque aprendían a hablar muy claro el español y daba gusto oirlos igual que a los Congos Reales. Allí había un mandinga, —no conocí mas que a ese—, lo llamaban Há-ama. Sus oraciones eran diferentes a las de otras naciones. Los mandingas escribían "paraos" como los moros y el *Sambiánpunga* de ellos se llama *Alá.* "No enseñaron nada los mandingas. Eran malos. ¡Veneno! Hacían el daño sin que nadie se apercibiera", dice Gabino Sandoval. "No moyubbavan más que con agua. Muy rencorosos y mandones. Si no se les daba los buenos días con eso bastaba para que lo trabajasen (hechizasen) a uno. Mandinga no comía cochino porque para ellos era lo mismo que un cuerpo humano".

"Los Minas eran muy inteligentes y muy finos. La verdadera *Yemayá* es de tierra Mina. Pero muy reservados... estos Minas cuando hacían sus ceremonias despachaban a los mirones a cualquier mandado; cuando estos volvían todo estaba terminado y no aprendían nada".

Es interesante interrogar a estos viejos sobre sus orígenes africanos aunque sus informaciones resultan muy confusas, contradictorias o francamente fantásticas como la descripción de un pueblo enano africano (deben de ser los pigmeos) que me hace C. H. advirtiéndome "que era su madre de nación quien le había contado que tenían barbas que les llegaban al suelo, un ojo solo en la frente y flechas mágicas que los hacían invencibles". "Lucumí, Arará, Dajome y Mina todos son parentela; todos se entienden en lengua aunque son distintas; los santos son parecidos. Van de una tierra a otra".

"Lucumí le dió *Ifá* a muchas naciones."

de sus bienes [11]. "Yo siempre estaba en el estrado "cuenta *Omí-Tomí*". Mamita y la otra "Niña" no me dejaban codearme con los negros".

---

[11] *Omí Tomí*.—El hecho no tiene nada de extraordinario. Son innumerables los datos, vivos todavía, testigos imparciales que para hacernos menos odioso el cuadro sombrío de la esclavitud, nos imponen de aquellos lazos de afecto que unían más estrechamente durante el largo período esclavista en Cuba, al amo blanco y al esclavo; éste, tan solidarizado a la familia cubana, pues normalmente, casi siempre venía a convertirse en un miembro más de aquélla. Pero bastaría con que el lector que nació en las postrimerías del siglo pasado, vuelva los ojos hacia su propia infancia... No hay blanco bien nacido en Cuba, cuya cuna no meciera alguna negra, y que no educara de cierto modo la famosa "negra vieja" de la casa cubana, la de las más aristocráticas y ricas, la que los niños querían, bien lo merecía, como a una madre, "Mamá otra", y hacia la que todos profesaban en la familia un afecto en que iban mezclándose, andando el tiempo, el respeto que imponían su autoridad y sus años. A veces a la voluntad de Má Fulana, "manejadora" del jefe de la familia, abuela que había visto nacer tres generaciones, se supeditaban muchas cosas. Cierto que eran éstas negras de nación, bozales o criollas, de una abnegación increíble para los dueños, y a quienes se confiaba todo, las que, entre bastidores o abiertamente, gobernaban las casas; madres de los eternos "niños blancos" ("*on apelle le niño. Vous croyez voir un petit garçon et c'est un viellard qui se present!*") que mimaban y seguían manejando con ciega ternura, como si estos jamás hubiesen salido de la infancia y de sus faldas almidonadas... Entre las cajas de daguerreotipos, en los libros de fotografías de familia, mezclados con los abuelos y los padres, tíos, hermanos, la parentela generalmente innumerable de sobrinos y primos, nunca falta el retrato de una de estas mujeres de color, en el hogar importantísimas y bien queridas; tipos admirables de fidelidad, de bondad, de simpatía, de esta "sangre ligera" como antes se decía, y de la que en buena parte son los blancos acreedores; y aun no era nada raro que el cariño o el reconocimiento del dueño no fuese hasta hacer pintar al óleo su retrato, con destino al salón, y se plantase allí y en lugar preferente. El señor José Manuel de Ximeno conserva en su casa, en su sala, el retrato de un pequeño antepasado que acaricia un carnero, sentado en las piernas de su nodriza, una negra ufana, hermosa, respirando salud por todos los poros y lujosamente vestida. El primer Conde de Casa Bayona, fundador del pueblo de Santa María del Rosario, en el interesante grupo de familia que conserva su iglesia, incluye entre los parientes cercanos que lo rodean y con los que indudablemente quiso pasar a la posteridad, a un negro esclavo de aspecto juvenil que aparece arrodillado a su lado, en primer término.

Había en el negro esclavo, naturalmente bueno, infantil, una apetencia profunda de cariño, de calor, de amparo; una necesidad innata, sentimental, de sumisión. Del que era objeto de cierta protección afectuosa, el hombre o la mujer blanca que los trataba cordialmente, esto es, con un sentido de dignidad humana y un poco de afecto, podría estar seguro de que la devoción, que en pago le profesaría el africano, no tendría límites. Si, un poco de afecto y el negro daría gustoso su vida.

Es indiscutible la afección marcadísima de los señores blancos por sus negros que no dejan nunca de consignar los extranjeros que visitaron a Cuba en siglos pasados; muy interesante, sobre este respecto, la lectura de los antiguos testamentos y de otros documentos.

A muchos de estos forasteros pareció excesivo el cariño y la blandura de que eran objeto los esclavos: uno escribe en el siglo XVIII,: "hay amos que los echan a perder con sobrada estimación y cariño, haciéndolos instrumentos de luxo y vanidad y es tal la vanidad de los amos y esclavos que la más exquisita carroza,

LYDIA CABRERA

Sé que mi padre, que era abogado y apenas contaba entonces treinta años, tuvo mucha lástima de una cliente de color que fué a consultarse un día, y le dejó a estudiar unos papeles. La negra, a

berlina, calesa o coche de Madrid, Londres, Paris, con los mas hermosos caballos andaluces o mulas primero las estrenan los más viles negros que los amos despues de ir dentro el negro o mulato. Al llegar al paraxe adonde aguardan baxa el negro muy serio delante del su amo y aun muchas veces le abren la puertecilla los Amos. Verdad que esto solo sucede en la Habana''. Y en el XIX, para citar entre tantos, a uno solo, anota D'Harponville que el negro ''prend des libertés que l' ont ne permet pas en Europe aux domestiques''.

Claro está que si desapasionadamente se compara la situación de los esclavos negros domésticos de Cuba, esta feliz aristocracia de la esclavitud que bien podía envidiar con toda su alma el esclavo rústico, con la de los desventurados campesinos y obreros de Europa al comienzo del XIX (en Inglaterra los niños de cuatro años trabajaban en las minas), aquí, africanos y criollos, en la atmósfera benévola y tolerante, de una suave y campesina patriarcalidad, gozaban de increibles privilegios. Bienestar animal, vejez tranquila, y en notable proporción la carta de libertad que sentimentalmente significaba para el esclavo más que nada, una prueba, una credencial de cariño a exhibir y de que ufanarse, que no le impedía, por lo demás, seguir disfrutando del techo, de la mesa y de la liberalidad del amo,—''del niño''—que no lo desamparaba.

Sin duda, el blanco puro, era como dice nuestro pueblo, ''más negrero'' —entendiendo por ésto más amigo del negro, más benévolo y dulce, más inclinado y simpatizante que el que tenía en la sangre, como sucede a cada paso en paises como el nuestro de fuerte meztisage (''en Cuba el que no tiene de dinga tiene de mandinga'', decía el General Fernando Freyre de Andrade) algunas gotas furtivas, o un chorro visible de sangre africana.

Profunda, inconciliable, la antipatía del llamado ''blanco sucio'', del mestizo inconfesado, del ''blanco nuevo'' (el Pardiñas-Cacho-Negrete) hacia la gente de color. D'Harponville, el siglo XIX, también pudo escribir: ''en nous promenant a la Havane nous voiyons un haut administrateur des finances, des marquis, des comtes, des excellences qui entre autres distintions portaient ainsi empreintes sur leur traits le cachet de leur origine negre''...

El negro en la órbita de la familia cubana en que nacía, se desarrollaba y moría, solía ignorar la dureza, el desprecio, la intolerancia feroz con harta frecuencia, en otras partes motivados por prejuicios que condenaban universalmente su raza, proscripta por el color de la piel y la esclavitud miserable. De estos prejuicios, a veces inhumanos, en trato íntimo y constante con los negros, se eximieron en Cuba los blancos más puros, indulgentes y desaprensivos, que crecían en los brazos de una negra, se criaban entre negros, hacían de ellos sus compañeros de juegos, más tarde sus confidentes y amigos, hablaban como negros... (se dijo que una noble dama cubana, pasándose la mano por el cuello, le preguntó al futuro Luis Felipe exilado en Cuba: ''Señor, es verdad que a su *taita coiti coiti?*'' Y sin percatarse tenían en el alma, cuando no en la carne, evidentemente, tanto de negros como de blancos.

Pero desgraciadamente lo cierto es que la felicidad del esclavo dependía exclusivamente de la bondad del amo; el sadismo, la crueldad más repugnante, los más bajos instintos, podían darse y se dieron rienda suelta. Una vieja amiga, gran señora, prototipo de la antigua cubana de gran estilo, encantadora en todos los conceptos, (un tipo que va desapareciendo rápidamente de la sociedad cubana) me cuenta sobre el particular algunos casos muy edificantes. El Conde R-C. ''Santiaguito'' tenía un mulato esclavo, hombre excelente y de toda su confianza. No recuerda por qué futil motivo, cree que el de no haberle obedecido prontamente, ''Santiaguito'' se enojó violentamente con el esclavo y todas las mañanas durante meses, mientras el ''niño'' tomaba su desayuno en el comedor, le

quien habían burlado miserablemente los blancos, "como de costumbre", esperaba con desesperación un milagro de su talento, pero

hacía dar de azotes. (Lo que más indigna a esta amiga, que me refiere el hecho, es que la azotaina no solo tenía lugar en presencia del Conde sino que aquel "desayunaba despacio, con apetito y se saboreaba el café lentamente". El castigo duró un año, día tras día, hasta que el señor se enamoró de Dña. M. C. quien le impuso como condición indispensable para aceptarlo en matrimonio, que perdonara al mulato. Al Conde no le quedó más remedio que rendirse.

Parece que de casta le venía al galgo, pues la madre de este individuo, celosa de una mulata muy agraciada a la que sospechaba (lo cual parecía muy evidente) nada ingrata a ciertas muestras de bondad que le dispensaba su marido, le hizo aplicar en el vientre una plancha ardiendo. Pero he aquí un tema que nos llevaría muy lejos, éste de las relaciones sexuales frecuentísimas de los señores blancos con las mujeres de color.

Contrasta con la relativa tolerancia o la innegable dulzura en el trato que recibía el esclavo destinado a la ciudad, al servicio doméstico, la suerte que esperaba a la mayoría de los negros destinados a las fincas e ingenios de azúcar —"infiernos en vida"—, sometidos a tareas extenuantes, a la continua vigilancia y a los correctivos despiadados del Mayoral odioso, —"*mayorá son malo, tira cuero dó mano*". "*Ma rayo pata lo Mayorá, que tó mi cuerpo me está temblá*". Negro también, este tipo tradicionalmente siniestro que hacía bueno el refrán "no hay peor astilla que la del mismo palo" aludiendo, a "la natural inclinación por mandar", —observa un comentarista— "que en el negro pasa de toda moderación". El negro afirma un viejo de ascendencia arará, es cosa admitido entre ellos, "era peor el blanco con sus esclavos".

Por cada fuetazo que le propinara un blanco, el negro hacía llover diez sobre las costillas de su siervo. Y aún entre estos viejos ha quedado el recuerdo de la crueldad y del rigor implacable de muchos negros. Ña Francisca Carabalí, abuela al decir de muchos del famoso Brindis de Salas que vivía en la calle de Aguila "casa con fachada de madera", Ña Francisca "no sabía leer ni escribir" (al igual que la inmensa mayoría de las mujeres de entonces) "pero tenía rentas, esclavos y profesor de piano". A los morenos no perdía ocasión de molestarlos a golpe y a las morenas por nada les aplicaba un boca-abajo"... Pretenden que era manca porque en una ocasión "le pegó un bofetón a un blanco y éste la llevó a la Picota y en castigo le cortaron la mano"...

También es famosa entre mis negros octogenarios, otra negra acomodada María Francisca la Lucumí, la misma a quien se refiere un canto nada a propósito, por cierto, que se les enseñaba a los niños, los de buena cuna incluidos, y que formaba parte de el repertorio infantil de gracias obligadas: "A ver hijito, dile a fulano el versito que tu sabes!"

> "¡María Francisca la lucumí
> tenía una cosa tamaño así!
> ¡No son mentira, que yo se lo vi!"

La criatura a quien esperaba una salva de risas, mimaba, indicaba el tamaño y el lugar inconfundible en que se hallaba la cosa tan grande que tenía María Francisca, guiñando sus ojos, con aprendida malicia. Un tal Eulogio Miranda y Chona, su biznieto que contaba quizás exagerando las ferocidades de esta antecesora, decía invariablemente: "De buena me escapé al nacer ahora, y no en tiempos de mi abuela!" No se calmaba la morena cuando castigaba a sus esclavos hasta que no veía brotar la sangre en abundancia. La madre de una vieja conocida mía, Yeya, de 83 años confesados, fué su amiga y ésta la recuerda al final de su vida, siendo ella muy pequeña. Una negra muy alta y delgada, de ceño adusto. Murió por haber despreciado a un "Lazarito", que le pidió limosna,... (San Lázaro, *Babuluayé:* como en la edad media el lazarino, a los

16

éste no pudo realizarse. De aquella época data en mi familia la presencia de Teresa M., costurera de mi abuela y de mi madre. Fué

ojos del negro es tanto como el mismo santo). A los pocos días María Francisca, la lucumí, murió repentinamente.

Terrible también y famosa otra negra adinerada, La Carabalí Inesita Ceballos. Tan duro castigo dió a su esclava María de la Luz que se prohibió a la Carabalí que tuviese esclavos.

En un manuscrito de mayor interés (*Reflexiones Histórico-Físico Naturales, Físico Quirúrgicas. Prácticas Especulativas entretenimientos acerca de la Vida, Usos, Costumbres, Bestidos, Color y Enfermedades a que propenden los negros de Africa venidos a las Américas, etc.*) por el Ledo. Franco. Barrera y Domingo, Habana, veinte y uno de Julio del año de 1798, que pronto verá la luz, iniciando la publicación de una serie interesante de documentos que conservaba aún inéditos el erudito doctor Manuel Pérez Beato, se leerá lo siguiente sobre el destino que a estos africanos les aguardaba en Cuba, tras la penosa, a veces horrible, travesía en el barco negrero.

"Ya llegaron de Africa a las Américas los negros que llamaban *bozales* o *bozalones* al punto de llegada y tomando fondo luego, los desembarcan y son conducidos como una manada de carneros a los Armazones o almacenes que aquí en la Habana llaman *barracones* y se ponen a venta pública; y llamados los compradores por carteles y por los periódicos compran los Acendados por común, a cuadrillas de 60, de 50, de 20, de 30 y de 40, unos más, otros menos, según la posibilidad de cada uno y el terreno mas o menos grande, según fuesen las Caballerías o cordeles de terreno que ay para la fundación o para el aumento del Ingenio. Los particulares los compran también según su posibilidad o para los oficios domésticos o para otras muchas cosas que ellos quieren enseñarlos para su comodidad propia como vg. para músicos, peleteros, albañiles, sastres, panaderos, carpinteros, chocolateros etc. Otros para domadores de mulas, caballos, caleseros y cocheros, etc. No hablaré de ninguno de estos negros porque estos los suelen tratar mejor que los de los Ingenios según fuere el fundo del Ingenio pues los ay mayores, menores, medianos. Los mayores los ay de 200 (negros) 300 y hasta de 350. Los medianos, son por lo común de 100 y 120 y los menores, de sesenta, de ochenta y de noventa. Los ay también pequeños de 30, 40 a 50 y toman algunos su primer principio de 12, 15, a 25 negros, apenas se hallara acienda, Corral, potrero a pesar de ser infinitas que no tengan tres, cuatro a seis negros, pero a pesar de que se sacrifican para comprar un negro, la gente pobre del campo y en recoger el dinero con arta pensión en su persona apenas se hallará un quince por ciento que les enseñen ni el Padre Nuestro, ni el Ave María, Credo, mandamientos, etc. pero lo que aún más se admira, ni aún a santiguarse.

"La Divina Probidencia es la que vigila sobre estos pobres gentiles, con moviendo su impulso racional a hacer lo que ben hacer a los europeos y asi ellos ex propio motu aprenden a leer y la doctrina Christiana. Desde el año 1780 hasta el 97 en que escribo ésto ha havido mucha mejora, por haver sen venido muchissímos sacerdotes pobres europeos que se han acomodado en los ingenios a donde tienen buen canonicato con las misas, sufragios, casamientos, bautismos y enseñarles los domingos a rezar, decirles misas a los negros esclavos de muchas casas opulentas que tienen capellán e Iglesia muy vonita en el mismo Ingenio, a donde además de un buen sueldo que le dan los amos tienen otros anexos de ingenios cercanos a donde por no poder costear el capellan se componen con el del Yngenio que lo tiene y este los días festivos les enseña alguna cosa de la doctrina christiana, y como los negros mas viejos y ladrones han aprendido muchas cosas de el Santo Temor a Dios y las ven acer los negros nuebos venidos de Africa las aprenden pero sin saber lo que se hacen aunque por una ley interior vienen a comprender todas las cosas que son necesarias para salvarse.

Pero siempre les cuesta mucho el enseñarles a causa de que muchos Ingenios

ella quien me condujo por primera vez a un "Asiento" [12] lucumí con la inolvidable *Oddédei* (Calixta Morales), su gran amiga, tipo fino

tienen los amos una alma más bárbara y gentil que los mismos negros y tan codiciosa y inhumana, sanguinaria y cruel como Mr. Robispi, pues como a estas tierras vienen a parar los más malos hombres y los más pobres de Europa y como han subido de la inmundicia de la tierra y han llegado a manejar algún caudalillo y se ven rodeados en el Yngenio de miserables y infelices (pero más felices) de quien los gobierna que es, como sigue: Dos horas antes de amanecer se levantan todos los negros así de los nuebos venidos de Africa como de los viejos ya en el ingenio al insufrible trabajo del campo. Un manatí o látigo de cuero es su desayuno sin mas motivo ni mas falta que querer su mayoral o contra mayoral.

Desde las tres de la mañana está trabajando, al norte, al frio, al ayre, el rocio, sereno, agua etc. Todas las intemperes les caen encima a estos desdichados desnudos en cueros y sin poder volver la vista a parte ninguna: asi están hasta las ocho: tocan la campana y van a almorzar, pero que? una raíz de yuca o un muniato asado, o cocido en un caldero, este es todo su almuerzo sin mas pan que por marabilla lo prueban ni aun enfermos, pues el cazabe alguna vez cuando enfermos se les dan. Reciben a un mismo tiempo que el almuerzo la racion para la comida la qual se compone de un no muy grande pedazo de tasajo o carne, cecina, como llamamos en España, mas podrida y vieja que un cuero de hacer abarcas. Se le van entregando a un famoso cocinero que le va zambullendo asi como se la dan en un caldero mas sucio que una chimenea y mas lleno de cardenalillo que espatula de aboticario.

Entregada la racion del cocinero, vuelven al campo bigorizado aquel estomago con aquel pan nutritivo y decantado almuerzo, permaneciendo asi trabajando hasta las doce exaustos de fuerza y muertos de hambre, se retiran a su buxio o pobrisima choza a comer aquella malisima y cortisima ración, acompañada de un platano asado. Lleno el estomago de tan esplendida, sabrosa, nutritiva, como abundantísima comida, los dejan descansar para que asi aga mayor asiento y se digiera en la tunica felposa estomatica, hasta las dos y luego vuelven a su acostumbrado afan de el campo hasta la oración que se retiran otra vez a su choza mas pobre que cuantas tuvieren en la Tebaida los mas rectos Santos y penitentes anacoretas.

Dias, semanas, meses y años permanecen en esta faena exceptuando el tiempo de la molienda que entonces (aun es peor) pues no descansan ni de dia ni de noche.

Asi es soberano Dios de las Misericordias a donde teneis a estos pobres infelices y miserables esclavos con vuestra diestra poderosa, tragendoles luces a su tosquisimo entendimiento para que no se desesperen y se maten todos pues aunque muchos lo hacen ay muchísimos mas que se ebstienen de tan miserable atentado y sufren con toleranzia todas las penalidades de la Esclavitud, palos, hambres, sedes, enfermedades horribles, desnudeces, frios, lluvias, vientos, escarchas, contumelias, afrentas, injurias, baldones, ultrajes, etc. etc. y si ésto es entre christianos ¿qué vamos a dejar a los franceses e ingleses y demás sectas protestantes? Esto es muchísimo peor como lo tengo visto en una colonia y otra.

No niego que en las Colonias españolas ay inumanidades, pero afirmo que ay mil millares de veces más humanidad que inumanidad. El ejemplo es claro, para cada negro que se liberta en las Colonias Francesas e inglesas se libertan en las españolas mil, y juro por la Santa Cruz que no exagero nada de cuanto llevo dicho en linea de los castigos a los pobres negros esclavos, es nada en comparación de lo que ví en Sto. Domingo con los esclavos franceses del Guaranico'' y añade refiriéndose a la cruedad, especialmente de los franceses: ''Collares de hierro con largas y afiladas puntas; calzones y medias de la misma manera, muslos, nalgas, brazos, cara y cuello despedazados de los azotes, mascara de hierro con puntas agudas y que solo dexan libre la vista y un poco la voca.

y arrogante de pura africana, una reina negra, (lo fué su madre, a
quien rendían honores en el Cabildo), siempre vestida de limpio

Así los hacen hacer los mandados por toda la ciudad por mucho tiempo así descansan estos infelices. Vean haora los imparciales si esto se usa en España.
Estos en las colonias Españolas (a vien seguro que aunque reina algo la inumanidad mas no tan barbaramente''. Pasa el autor a describir todos los padeci-
mientos físicos que sufría el negro sometido a la esclavitud de los Ingenios de
Azúcar. Y en el 1850 escribía también Hespel D'Harponville ''J'ai visité une
sucrerie aux hazard aux environs de Güines; elle avait cent negres de la plus
triste apparence... les negres etaient faibles, paraissaient souffrants extenués.
Le travail comença avec l'Aurore ils revirent a midi; ont leur distribue des
vivres: ils consistaient en quatre onces de tassot et une petite mesure de farine
de mais par individu. Ils les portent a un hangar oú etait la cuisine et des
negreses chagés de faire cuire le manger dans deux grandes chaudiéres. Aprés
la priere et un souper aussi frugal que le repas du matin on les fit travailler
jusqu'a onze heures de la nuit a faire mortier et construir un hopital. Excepté
de midi a deux heures ils n'avaient pas de repas meme le dimanche. Les con-
damnés a travaux forcés etaint sans comparaison plus hereux.''
    Todavía en el pueblo de Pedro Betancourt y otros de la provincia de Matan-
zas quedan viejos de una resistencia asombrosa, pues algunos que conozco, y
de quienes he tomado gran número de notas han pasado de los cien años—generalmente con una nostalgia por el ''tiempo España''—por los días de la esclá-
vitud, que nos parece incomprensible,—nos describen sus propias vidas de esclavos rústicos dignas algunas de la mayor compasión. En todos, el recuerdo de
aquel anhelo que muchos nunca pudieron realizar; la de ser esclavos domésticos:
''¡en la casa de vivienda sí que se vivía sabroso!''

    12  *Asiento.*—Se llaman así las ceremonias de la iniciación, en regla lucumí,
que duran muchos días y en las que un individuo ''nace en Ocha''. Así en el
''libro de los asientos, la Madrina o el Padrino, escribirán de un hombre o de
una mujer de cincuenta años... ''la niña'' fulana, con el nombre que le corresponde en la Regla ''camino de su santo'', nació el día tal, del año tal.
    ''Cuando se hace Santo'', prefiero explicarlo en las mismas palabras de los
negros, ''es como si uno muriera y resucitase''.
    Actualmente los asientos, sobre todo el día del medio, el día en que el iniciado
o la *iyagguó*, se sienta en el pilón, —o en el trono—, para recibir como hijo de
santo, el saludo, el homenaje que se le debe, todo el mundo, aun sin conocer a
la *Iyalocha* o al *Babalocha* dueño de la casa en que se celebra la ceremonia, (''la
casa de un santo está abierta para todos'') tiene derecho a visitarle. Cualquier
blanco curioso, y los cultos africanos actualmente están absorviendo una can-
tidad increible de blancos, será bien recibido.
    Estas ceremonias iniciáticas son muy costosas: en tiempos normales ascen-
dían cuando menos a doscientos pesos y esto calculando muy por lo bajo. Hoy
alcanzan sumas muy altas y a pesar de esto aumenta el número de asentados.
''Para eso vá uno al garrotero y se deja allí el alma''.—Dos motivos determinan
al ''asiento'': la elección que hace un *Orisha* de un sujeto, va comunicándole su
voluntad por medio de los caracoles o de *Ifá*, ya manifestándosele en sueños,
o... ''directamente bajando'' al individuo que ha escogido como hijo, alterando
su vida, haciéndose sentir de diversas maneras. La enfermedad o las dificul-
tades de todo orden, desaparecen, al recibir ésta el Santo a quien pertenece.
    Puede añadirse un tercer motivo... el deseo de todo devoto a ''entrar en
Santo'' Y también de ''hacerse un ''vivido'' a costa de los santos... porque
no hay santera ni santero que se muera de hambre''.
    A veces, el santo reclama a su elegido antes de nacer, y es preciso hacerle
el ''*aché*'', presentarle el ''*otan*'', —el santo— en el vientre de su madre: ésta
criatura ya viene al mundo con santo hecho, como *Omi-Tomí* y tantos otros...

y de blanco. Con un collar de perlas rotas, recuerdo el detalle pues la conocí en tiempos en que pasaba muchos trabajos, pero como decía ella, con su cabeza muy alta. "De negros yo no sé nada", me contestaba *Omi-Tomi* cuando le hacía preguntas sobre los dioses y los ritos de los lucumís. Era de madre mina, lucumís, de quienes sentía un gran orgullo en descender, "porque lucumí era lo mejor de Africa". "Si de niña no me dejaron acercarme a ningún negro, ¿cómo voy a saber de esas cosas..." Sin embargo, cuando se convenció de que en mi curiosidad por aquellos "asuntos negros" no había asomo de desdén o de antipatía, que "no andaba con chacotas con los "santos" ni preguntaba por "guachanga", ni creía que los santeros "sacrificaban niños" me presentó a *Oddédei*. Esta pasó toda una tarde considerándome con curiosidad y respondiendo a mis preguntas contésmente, con deferentes evasivas, pero acabó por darme en su interior el visto bueno... Como resultado de aquella entrevista con la *Iyálocha*, que era muy estimada, Calixta Morales, que fué, todos lo reconocen, la última gran llamadora de santos que hubo en la Habana, las dos viejas me llevaron al "día del medio" del "asiento" de una mulata que recibía *Ochún*. Toda la tarde estuvo a mi lado explicándome ya sin ambages lo que yo veía por primera vez. En cuanto a *Omi-Tomi*, "Teresa la negrita", como la llamaban y aún le llaman en mi casa, la que "no sabía nada, pero nada, ¡nada! de esas cosas de los negros", y que no había bailado más que danzas y lanceros en las sociedades de recreo, como La Bella Unión [13] y más tarde en el Centro de Cocheros, tuve a la hora de marcharnos que ir a arrancarla prácticamente de una habitación en que bailaba, con sus entonces ochenta años a cuestas, en un grupo de viejas contemporáneas, todas con "santos", y fué preciso que esperara a que el "santo" se les bajase y se despidiera.

El negro de la Colonia, y desde luego el negro en contacto con los blancos de clase alta, recataba las prácticas de su religión, y aún

---

13 Era ésta la Sociedad de recreo de color más exclusivista, más aristocrática de los días de la colonia (en el siglo pasado).

"Allí no se bailaba santo ni rumba... Contradanza, mazurka, lanceros... bailes finos nada más". Asistían a sus fiestas los esclavos negros de las casas más distinguidas de la Habana. "Allí todos teníamos nombres conocidos. ¡Qué tono! El cogollito (la crema) solo podía entrar allí".

En los bailes de la Bella Unión, lucían las negras los trajes y las joyas con que sus amas las engalanaban. En el pecho de una Montalvo, de una Calvo, de una Pedroso o de una Chacón de ébano, brillaban en aquella ocasión los diamantes de las damas de éstos viejos linajes cubanos.

"La Bella Unión era como la Caridad del Cerro."

cuando influía en la del blanco de mil maneras diferentes —no distaba mucho el catolicismo de aquél del animismo fetichista de éste— no solía confesarle la firmeza de sus creencias ancestrales; entonces mucho más encubiertas, pero tan persistentes que nadie podía, ni puede hoy, arrancarles del fondo del alma. De estas negras viejas aleccionadas por africanos, asíduas también a las fiestas de la iglesia, "calambucas" de rosario y libro de misa, si sabían leer y aún cuando no supieran leer; que no perdonaban los oficios del domingo y nos hacían rezar de noche el Padre Nuestro aunque nos estuviésemos desplomando de sueño; que nos obligaban a besar el pan bendito cada vez que éste caía al suelo y a persignarnos cada vez que pasábamos frente a una iglesia, la casa de Dios, —el mismo "Ilé Olofi" o "Enso Sambi"— no hubieran podido sospechar los señores blancos que cerraban distraídamente los ojos ante estas "visiones" o supersticiones de negras, que eran las mismas, que después de adorar en el templo católico a "estilo de blancos" a la Virgen María, a Santa Bárbara o a la Candelaria, irían a derramar la sangre de los sacrificios con fervor atávico sobre las piedras que representaban a sus ojos a éstos mismos santos de la Iglesia Católica, pero con las exigencias, los nombres, la personalidad puramente africana de Yému, Changó o Yansa.

"Cuando yo llegaba de la escuelita, dejaba el "Cristo ABC, la cartilla se me fué a la calle de la Merced", y mi padre que era Mayombero y mi madre que era Iyálocha, me esperaban para enseñarme en casa la otra cartilla africana" —me cuenta una de éstas viejas—. "En la casa tenía que hablar yeza y a la par que iba rezando y aprendiendo el catecismo aprendía a rezar, a adorar en lengua... y lo demás".

Omi-Tomi Teresa M. insiste en que a todas horas junto a su blanca Mamita no había podido aprender la cartilla africana, falta de un negro o de una negra que la enseñase libremente; y así fué... tuvo que aprender "lo otro", por necesidad y dolorosamente. Casó ignorante de "las maldades que hacen las gentes"; de tantas cosas que más le hubiera valido saber; por ignorarlas perdió a su primera hija.

De la amplia casa que debió ser suya, Omi-Tomi fué a instalarse en la accesoria muy decente, eso sí, que podía ofrecerle un albañil. Miguel... otro lucumí criollo, como ella, con quien casó "por sacramento", hombre bueno y formal, nunca "mano sobre mano". Pero antes de "formalizar" con ella había tenido "trato de concubinato" con una mujer que no se conformó a verse postergada y de cuya existencia *Omi-Tomi* sólo tenía una vaga idea. Una amiga de ésta, María del Pilar, vino a habitar cerca de los recién casados y entabló con ella amistad. Y aquí comienza una serie de calamidades que marcaron sus primeros años de casada. Teresa M. no tardó en sentirse embarazada. Se sabe que los que van a ser zahoríes lloran en el vientre de su madre, y que de este dón se les priva callándolos. La criatura que ella llevaba en las entrañas lloró a los finales del embarazo estando presente su amiga y vecina, y ésta la calló: volvió a llorar en otro momento, y de nuevo la mujer imperiosamente le impuso silencio. *Omi Tomi* no sabía que un zahorí lloraba en el claustro materno; ni que toda mujer embarazada debe tomar sus precauciones para que no se malogre la criatura; ella, que era hija de *Yemayá*, hubiera debido ceñirse el vientre con una faja azul ornada con siete monedas antiguas y siete pedacitos de cangre-yuca. A ella le faltó también a la hora del parto, por olvido voluntario de la vecina, la estampa o la cabeza que se modelaba en cera, de San Ramón Non Nato [14], que ayuda a las parturientas, y de la que nunca se prescindía en el caso.

---

14   Por cierto que el General Martínez Campos estuvo a punto de hacerle la competencia a San Ramón, convirtiéndose en nuevo protector de las parturientas. A una mujer que difícilmente daba a luz una noche, le trajeron por equivocación un retrato de este general, a la sazón Gobernador de la Isla. La mujer pudo expulsar la criatura casi inmediatamente después de tener sobre el vientre su imagen del supuesto Santo. Descubierto el error pasado aquel momento angustioso se consideró con muy buen juicio, en vista de un resultado tan rápido y satisfactorio, que tan útil en estos trances era Martínez Campos como San Ramón Nonnato y el retrato del general hizo con éxito las veces de Santo Partero en muchos casos, siendo solicitado por cuantas supieron de su gracia. Acabó en poder de una recibidora que lo llevaba con ella a donde quiera que se solicitaban sus servicios. Murió a una edad avanzadísima esta comadrona de vieja escuela que se apropiaba los zurrones *  —tenía ese defecto— para venderlos como talismán de buena suerte: el que envolvía a una niña preferentemente, pues los marineros lo pagaban y aun lo pagan a cualquier precio.
Legó su Martínez Campos a una pariente o comadre suya que hubo de prestarlo; y solo hará algunos pocos años, a una amiga que pudo comprobar en su propia hija primeriza la virtud del viejo y desvanecido retrato.
No ignoraría la negra recibidora que tanto como la cabeza o la estampa de San Ramón en estos trances era muy milagroso el cocimiento que aun se administra a las parturientas: "se ponen a hervir con un cordón de San Francisco siete granos de pimienta y se le da a beber a la mujer si demora mucho el parto".

---

*   "Zurrón se llama aquella como tela, en que suele nacer envuelta la criatura cuando nace, la cual se guarda y aprecia mucho por fer buena para muchas cosas". Dice el dic. de Autoridades: "No hay mejor talismán que un pedacito

María del Pilar se mostraba tan afectuosa, era tan solícita, prestábase de tan buen grado a servirla en todo, que conquistó de veras su reconocimiento y su confianza. *Omi-Tomi* no dudaba en participarle sus asuntos y sin imaginar, tampoco, a qué peligros se exponía, consentía muy tranquila en que le cocinase o le trajese de fuera la comida, aquellos días en que tenía exceso de costura y poco tiempo que perder. Por último, cuando *Omi-Tomi* dió a luz sin tropiezo, —aunque sin San Ramón— una hermosa niña, María del Pilar se instaló de lleno en la casa. ¡Y fué ella quien recogió la sangre y la placenta, que debe enterrarse o echarse al mar; quien se llevó las ropas de la cama para lavarlas en su accesoria!

Tres días después se habló mucho en el vecindario de un hombre que se había ahogado en la Cortina de Valdés. . . "*El Mayombero*", decían "se ha matado por remordimiento". En su casa comentaban el suceso las visitas, entre dientes, alejándose para hablarse en voz baja: una pariente suya aseguró qeu después de hacer aquel "trabajo", el *Mayombero* se había arrojado al mar, desesperado. Pero ella no puso mayor atención a lo que oía. Sin saber a derecha de que trabajos se hablaba. Su buena amiga continuaba yendo y viniendo a verla el día entero, disponiendo en su casa como en la propia, y nadie, nadie, —así sucede siempre, "con lealtad"—, se atrevió a decirle lo que todos sabían, lo que rumoraban en torno a su cama, cortando las frases, con largos silencios: que el brujo suicida era el padre de la antigua querida de su marido y que ésta por medio de María del Pilar, "venía trabajando su desgracia" hacía tiempo, y por último se había apoderado de la sangre y la placenta de su parto, lo cual equivale a apoderarse de la vida de una persona, én el caso que se la quiera embrujar. Si a ella, a pesar de este golpe mortal, ningún mal le sobrevino, ya veremos a qué intervención sobrenatural hubo de agradecerlo.

---

de esta tela porque se consideran que los niños que nacen en zurrón serán excepcionalmente afortunados.

Y conozco a una mujer de cuarenta años, que achaca todas las contrariedades de su vida a la pérdida de su zurrón.

A N. M. que nació enteramente envuelta en un zurrón, una vecina que ayudó a su madre dicen que se lo robó, sin dejarle un trocito. . .

"Figúrese". . . comenta convencida, "así me quitaron la suerte".

Refiriéndose a una persona dichosa he oído comentar: "De seguro que nació en zurrón!"

Las gentes del pueblo los compran y las "recibidoras" —si no tienen conciencia— se aseguran siempre de tan buena mercancía.

Estos niños serán adivinos, como los que tienen una cruz en el cielo de la boca, o los que la madre oye llorar en su vientre.

La niña Belencita, apenas comenzó a fijarse y a reconocer las personas que habitualmente la rodeaban, demostró una franca aversión por María del Pilar. Lloraba a desmorecerse cada vez que ésta la tomaba en brazos. Al extremo que *Omi-Tomi* comenzó a preocuparse. Su amiga llevaba siempre vestidos de cola muy larga. En cuanto la criatura, sin cumplir el año todavía, escuchaba el ruido de los vuelos, toda su expresión repentinamente se enseriaba. Si se acercaba a hacerle una caricia la niña comenzaba a hacer pucheros y la rechazaba con verdadero espanto.

"¡Hay niños así tan majaderos que no se sabe que hacer con ellos!", era lo único que se le ocurría decir a la madre, disculpándola.

Más grandecita Belén, cuando ya andaba por sus propios pies, huía de aquella mujer como del mismísimo demonio y corría a esconderse entre las faldas de *Omi-Tomi*. Parece que un día "algo le hizo" en la boca o le dió a tomar, porque la niña gritó y María del Pilar, nerviosa, la hamaqueó. Comprendió *Omi-Tomi* que por hallarse ella allí presente la amiga se había retenido de pegarle y aquéllo no le gustó... Digo!... "con prudencia de persona que tiene urbanidad", pero molesta, le hizo comprender su desagrado. Es más, le indicó "con buenos modos" que no volviera a poner los pies en su casa... Y en efecto, a partir de aquel día la buena amiga no la visitó más. Belencita enfermó, empezó a arrojar, y desde entonces arrojaba diariamente cuanto comía... La madre corrió al médico y el médico formuló varias recetas que no surtieron ningún efecto.

Durante un año algunos médicos reputados, de los de coche, levita larga, leontina de oro y solitario, vieron a la niña que había perdido el bello color negrísimo, compacto, de que ha vivido tan orgullosa *Omi-Tomi*, el mismo color de la piel de *Yemayá*. Uno que aconsejaba la leche de burro o de chiva, otro que la suprimía totalmente sustituyéndola por agua de arroz o de cebada, uno que aconsejaba ésto y otro que prescribía diametralmente todo lo contrario de lo que había indicado con anterioridad su colega. Se ensayaron todos los remedios, todos los polvos, cucharadas y patentes franceses de a centén, en la pobre criatura cada día más débil, más desteñida y esquelética. Belencita murió, "como un pollito". Por suerte una vecina que oyó decirle a Teresa que no mandasen a buscar al médico que la había asistido, le aconsejó que no cometiese tal ligereza que iban a hacerle la "utosia" a la niña y eso era "cosa extraña y mala para el angelito muerto".

A las dos o tres horas se vió un reptil, un jubo o majá, enroscado, dormido sobre el vientre del cadáver. Esta vez los amigos y vecinos de *Omi-Tomi* le llamaron la atención. "El daño... ahí está". La amiga distanciada, que había dejado de visitarle con la asiduidad de antes, concurrió al velorio. Fué presa de terribles convulsiones y murió a los nueve días de enterrada la niña. Lo cierto es, que desde que la pequeña había cerrado los ojos, aquella mujer no había cesado de sufrir de ataques de nervios terribles, contínuos; y la ciega de Teresa *Omi-Tomi*, apenadísima de aquel padecer incesante de la antigua amiga, que el capricho infantil de Belencita y de su parte un exabrupto maternal que ahora lamentaba, habían mantenido alejada de su casa.

Por último fué una mulata conocida suya, y como ella costurera, quien "vino a hacerle el cuento y a desentupirla". Belencita murió de brujería y lo sabía todo el mundo... menos ella. Por primera vez, fué entonces a visitar a una santera lucumí... pero ésta no quiso hablar, —seguramente que no quiso revelarle el secreto si ya nada tenía remedio—, y así fué que lo que dijo la *Iyálocha* que decían sus caracoles, no concordaba exactamente con la verdad. *Omi-Tomi* volvió muy despagada a su casa, y dudando del saber decantado de todos los santeros... Sin embargo, allí cerca, a dos puertas de la suya, acababa de instalarse un congo que "miraba" en un vaso de agua bendita. Aquel hombre un día que volvía de hacer sus mandados se le acerca y le habla: "Venga conmigo que debo decirle lo que he visto". Ella lo siguió, puso en la mesa medio peso que le exigió el negro y se sentó a escuchar. "¡Ay, niña... todavía me erizo toda"... El congo le describió pelo a pelo a la antigua amante del marido, al brujo padre de aquella desalmada, a la falsa amiga que le había fingido tanto afecto sólo para servir los planes de la mujer envidiosa, apoderándose de su sangre y de su placenta para matarla... Pero la brujería, el *"bilongo"*, como a veces ocurre felizmente en honor a la justicia, ¡se había vuelto contra ellos mismos! Si el brujo cogido en sus propias redes se había suicidado, era porque el *Inkiso* se había "revirado" contra él y le había castigado obligándolo a echarse al mar. La *ganga* lo había ahogado. Fin que espera a muchos brujos sin escrúpulos... a veces la *ganga*, el *Enkisa*, cuando desaconseja un trabajo de esta índole, si se insiste en realizarlo, no se lleva al otro mundo a quien pretende aniquilar el brujo, sino al mismo brujo malvado y terco, que lo desoye. "A un santo verdadero se le atiende y se le acata... Lo peligroso de ser *gangulero*, es que las malas obras se pagan tarde o temprano con pena de la propia vida".

Es cierto que Teresa M. *Omi-Tomi* no tardó mucho en saber después de todo esto, al pié de *Ifá* y de boca de muchos viejos que habían conocido a su madre, que ella había venido al mundo con "santo hecho", que africanos de pura cepa se lo habían consagrado en el vientre de su madre: y su "santo" *Olókun Yemayá*, la madre de todas las *"Yemayás"* el fundamento de *Yemayá*, la más vieja, la de la Alta mar, la profunda que no la ha abandonado a lo largo de sus cien años, no olvida (y como *Yemayá*, todos los *Orishas*), ni desampara al hijo cumplidor y respetuoso. A cada cual le va en este mundo según se comporte con su santo. Es un precepto, aseguran las viejas, que los jóvenes parecen haber olvidado completamente, pero cuya realidad experimentan duramente a la postre. Las santeras antaño morían de viejas; morían de años, enteras y en sus camas, de buena muerte. No jugaban con el santo. Hoy, en cambio, es asombroso el número de las que en la plenitud mueren de repente, que jóvenes se van de entre las manos en pocas horas, sin tiempo de arrepentirse, expiando sin duda alguna sus faltas y ligerezas. "Y así va el mundo, patas arriba". Aquella vez la salvó *Yemayá Olokún* (como tantas otras) a quien el *mayombero* ofendió a sabiendas en la persona de su hija y protegida Teresa *Omi-Tomi*. Ambos, el Espíritu, el *Inkiso* del brujo, y el poderoso *Orisha* que la amparaba a ella se pusieron de acuerdo para destruirlo: pero la pobre Belencita embrujada, "salada" antes de nacer, su retrato al carbón aún se conserva, párvulo triste, con misteriosa, con fatal expresión de adulto, sucumbió inevitablemente a la *"Uemba"* que se le introdujo por la boca [15]. Aquel día en que la falsa amiga hizo llorar a la niña ésta ingirió el "daño" que desarrolló en su vientre un reptil, que poco a poco le devoró las vísceras hasta dejarla vacía y sin una gota de sangre. En cuanto a la autora principal de este crimen que tuvo

---

[15] La brujería se ingiere en polvos —*Mayombe Empolo*— que se mezclan a la comida, se disuelven en el café, en la bebida o se aspiran en el cigarro o en el tabaco.

La brujería "se sopla" o se pisa. Una hinchazón, un dolor o una escoriación en los pies se atribuye invariablemente a la acción de una *Morumba*, de un **kan-**

a los "santos" por únicos jueces, ésta era, como Teresa, hija de *Yemayá*. Por lo tanto su pecado a los ojos de la diosa se doblaba de un fraticidio. Así vió *Omi-Tomi* cumplirse también rigurosamente la predicción del congo: aquélla murió algunos meses después de un cólico miserere, forma muy característica del castigo de *Yemayá*. que ataca habitualmente (como *Oshún*) por los intestinos. Y aun llegó su bondad a ordenarle unas misas por su alma. Los

---

*dangazo*. Conviene saber que la brujería se anula orinándole encima, y que puede recogerse sin peligro con la mano izquierda.

Polvos hechos de ciertos animales son los que, recuperando su forma en las entrañas del hechizado, lo devoran interiormente y causan su muerte si no son expulsados a tiempo de evitar su acción.

No cabe duda que en estos casos, cuando el brujo no se vale de brebajes, de cuya eficacia responde el Espíritu y que "los trituran", recurre a alguna superchería; —se introducen los supuestos *"bilongos"* en la boca —aprovecha el histerismo del paciente, del candor y del fanatismo de los familiares— para curar "el daño" extrayendo del cuerpo de aquellos los bichos... El brujo lo escupe en presencia de todos, si lo extrae por succión. O bien lo hace salir por medio de una incisión, ("No podía andar y ésto porque lo vi con mis ojos, porque si no lo hubiese visto y palpado, seguiría sin creer en la brujería como antes, y por esto se lo cuento. Hoy creo, y ríase de quien le diga que no es verdad la brujería! Yo iba a caballo por un trillo con una pierna hinchada que nadie podía curarme. ¡qué dolor, me pasaba las noches sin dormir! y un negro viejo venía a pie por el mismo camino. Nos cruzamos y como yo paré el penco, me dice: "eh, tu pisaste cosa mala!" Yo iba a seguir de largo... "No pierdas más tu tiempo. Aquí mismo te quito eso." Ya desesperado de tanta pomada, de tanta receta le contesto: "Bueno viejo, cúrame"; pero yo no creía, no, yo no sé qué idea me dió de hacerle caso a aquel moreno sucio y ripiado!

El viejo sacó una cuchilla del pantalón y un pañuelo punzó; me agarra la pierna, le habló ahí unas cosas y con la misma ¡Sás!, me dá un tajo... Sale de la herida un bicharraco, como un lagarto, un macao que se yó lo que era aquéllo, tan asqueroso, tan feo! Me lo enseñó, y movía las patas. Me puso unas yerbas que cogió allí mismo, sin desinfectar la herida ni nada, me amarró el trapo aquel colorado y más nunca, oígalo bien, más nunca volví a sufrir de la pierna. La hinchazón desapareció enseguida y ahora no queda ni la cicatriz. El viejo tenía razón. La brujería la pude comprobar me la había echado en el taller. El hombre que me embrujó estaba equivocado creyendo que le enamoraba a la mujer." (El que habla es un carpintero con numerosa clientela y muy amante de instruirse, "de mejorar", gran lector de revistas y de todo impreso que caiga en sus manos.)

A María... "le echaron un polvo de araña trabajado y la volvieron loca". Comprobado autor de la brujería, su marido. Fué Bocú, el famoso Bocú, quien la curó. Pasó dos meses en casa de este, hasta que recuperó del todo la razón... (Desde entonces cuando ve una araña se "desbarajusta toda" Teme volverse otra vez loca de terror, si mira al insecto o este se le aproxima.

El polvo hecho de majá, —el del rabo de la lagartija, también enloquece. Mientras se mueve el rabo se pide que pierda la razón la persona a quien se le dedica este *Empolo*... Cuando se parte la cola del lagarto, este maldice zigzagueando.

El bicho se mezcla siempre a otros "ingredientes" entre los cuales, algún producto que se compra en la botica, o algún veneno natural experimentado con resultados satisfactorios, por los brujos. En este sentido el brujo hereda conocimientos que no divulga: a unas yerbas, se le añade polvo de *Kiyumba*, excre-

"santos presiden diversos géneros de muerte: *Babaluayé* mata con la gangrena, las viruelas, la lepra; *Obatalá* ciega, paraliza; *Ollá* mata súbito, por el corazón; *Yeggua* etica; *Inle, Orula*, enloquecen; *Oggún*, además de despachar violentamente en la calle lo mismo que *Ochosi.* *Elleguá, Alagguanna,* es autor de las muertes solitarias, provoca las hemorragias incontenibles [16].

mentos, mezclados de perro y gato negro u otras sustancias por el estilo. Hallo en la libreta de un Mayombero, señales, espacios, que quizás reemplazan el nombre de algún veneno, sabido y que hará efectivo un "trabajo" en el que lo sobrenatural solo desempeña un papel secundario...

Para que el *"bilongo"* no pueda entrar en el cuerpo, se "tragan" también algunos resguardos... o talismanes. Aunque por medio de collares, manillas, cadenas, etc. los "santos", protegen de daños.

Según Calazán Herrera estos que se ingieren son más seguros y los negros de nación, (él lo tiene dentro, desde su infancia) "tienen en la barriga sus resguardos y no los cogía ningún *Indiambo*".

Sobre esto nos extenderemos en un futuro trabajo sobre las prácticas de la brujería en Cuba.

16 No es siempre la mano de un hombre la que deliberadamente hiere a otro hombre. *Elegguá, Ochosi, Oggún*, son autores de muchos crímenes incompensibles; (los muertos, "que consumen", también provocan arrebatos de locura, cuando se posesionan de un vivo que persiguen y lo impulsan a cometer, sin que su voluntad tome parte en ello, actos de violencia inesperada).

Es *Oggún* el culpable de los accidentes ferroviarios, —de las imprudencias o del error de un maquinista—; de los que ocurren en las fábricas, en los trapiches y maquinarias de los ingenios: para ganarse el favor de *Oggun Arere* se abrían las moliendas con un *bembé* en su honor.

No hay maquinista que al comenzar la zafra no le sacrifique un gallo o un perro negro en la línea del tren. (*Oggún* recibe la comida en la línea).

"Durante un año, engordábamos a un perrito negro que se le dedicaba a *Oggún*. Llegaba el día de la fiesta del santo, que bajaba a cabeza de Ta Germán... "El "santo" agarraba al perro, le daba un tajo en el cuello y se bebía hasta la última gota de sangre. Nunca ocurrió nada los años que pasé en el Ingenio Las Cañas. Los hombres no tuvieron ni un rasguño".

Como *Oggún* es todo lo que sea metal, arma de fuego o blanca, cuchillo o navaja, "al *Embele* (machete) conviene darle su sangre de gallo de vez en cuando". El machete o cuchillo que no tiene apetencia de sangre, no cortará a su dueño... ni a nadie.

Autor de los fuegos, *Changó*. De los suicidios por fuego, o de las quemaduras casuales.

De la muerte ocasionada por la descarga eléctrica, *Ollá*, más violenta e irascible que el Dios del fuego.

Los que se ahogan en el río, en los pozos, en las lagunas son víctimas de la ira de *Oshún*. Su cólera crece los ríos...

Estas notas tomadas a *Oddeddei*: "*Oshún* y *Yemayá* castigan el vientre de la persona. Matan en agua dulce o salada; etican con la lluvia y la humedad. *Oshún* castiga las partes genitales. *Changó* con candela. ¡Cuando viene usted a ver, le está ardiendo la ropa! Cuidado con los reverberos y no juegue nunca con candela, que ella no hace más que mirar para agarrarlo a uno desprevenido. *Oggún* coge la sangre; descarrila el tren o el tranvía, castiga mucho en los tra-

En fin, volviendo a nuestra historia, anotada fielmente, ¿cómo iba a saber el médico, cómo iban a sospechar todos los médicos de Cuba, que el origen verdadero de la enfermedad de aquella pequeña, el majá o el jubo que día a día, (otras veces es un escorpión, una araña peluda, un cien pies, un macao o unsapo lo que actúa en el hechizo), le comía a pedacitos las entrañas?

Mucho dinero y empeñarse hasta las pestañas costó a esta madre la enfermedad de su hija: madre africana por la intensidad del amor maternal. Aún alcancé la época en que excepcionalmente se registraba un expósito de color en la Casa de Maternidad y Beneficencia de la Habana. En cambio, por diez reales plata, un adivino hizo transparente a sus ojos el muro espeso que siempre oculta a los hombres esas otras realidades misteriosas que los blancos, y sobre todo los que saben, mucho ignoran, o no tienen nunca en cuenta para defenderse de ellas.

La mayoría de nuestros negros, la masa de nuestro pueblo, pasa toda la vida en guardia y amedrentada por la amenaza continua de alguna brujería; juguetes de tantas fuerzas oscuras, que insospechadamente intervienen para alterar o torcer fatalmente su destino.

Innumerables variantes de historias que como ésta, idénticas siempre en el fondo, se repiten continuamente y explican con el mayor convencimiento las causas ocultas que motivan cualquier padecimiento y jamás justifican en caso de muerte la hipótesis, siempre inadmisible para el negro, de una muerte natural. Contra toda calamidad el negro no duda en recurrir a la misma magia que puede provocarlas y a las prácticas milenarias que el miedo y la credulidad mantienen tan vivas y firmes en la masa de nuestro pueblo. Un hechizo se vence con otro más fuerte.

Pero cuando la enfermedad no es efecto de una mala voluntad, del odio implacable, de algún rencor servido eficazmente por eu

---

piches; a cuchilladas, con escopeta —a machetazo—. *Echu*, *Oggún* y *Ochosi* tienen el mismo proceder''.

  ''*Elegguá* tranca la puerta a todo lo bueno''. Según Anita, 79 años: ''no deja comer ni vestir. Hace que le pongan a uno los trastos en la calle, que se forme pelota en el estómago, esa bola que hacen los disgustos (el mal de madre) enferma de pena y miseria y teniéndole a uno ripiada, arrastrada y mal comida, agua la sangre''.

  ''*Ollá* cuando no zumba el rayo para abajo, mata con hilo'' (eléctrico) y con la corriente fuerte de aire. Aprovecha cuando se está sudando... Pasma. ''*Babá*, (San Lázaro) tuerce, engarrota. Este santo dá lepra, erisipela, ñáñáras, y ataca con la embolia o la viruela''.

*mayombero* sin conciencia (nuestros negros aún respiran un aire tan cargado de magia que una explicación satisfactoria a los problemas más graves o más nimios de su vida, suele ser aquella que en el criterio de un hombre civilizado e irreligioso, y recalcamos irreligioso, parecerá más absurda e inaceptable) es, sencillamente, el correctivo fatal que en ocasiones el cielo aplica por cuenta de alguna falta cometida: incumplimiento de una deuda contraída con alguna divinidad, una irreverencia, (aunque nadie más irrespetuoso que el negro con sus santos), o un olvido involuntario.

*Ollá*, Nuestra Señora de Ja Candelaria, "la señora que lanza la centella", le advierte a sus hijos, es un tabú que debe observarse rigurosamente, que no coman carne de carnero pues esta santa desde que renunció al carnero (*Abbó*) y lo cedió a su marido *Changó* (el trueno), se abstuvo de comerlo. Sé lo caro que le ha costado a una hija de *Ollá* que su buen apetito le hiciese olvidar esta prohibición de su madre divina.

Hace años supe de la gravedad de una *Babalocha* que se vió a dos dedos de la muerte por haber provocado temerariamente la cólera de *Oshún*, "santa" alegre, chancera, (la Venús del Olimpo lucumí, más terrena que divina) muy amiga de fiestas y de bromas pero muy irritable, voluntariosa, terrible cuando se enoja. Este hombre se permitió empeñar una manta de burato que pertenecía a la "santa" y, lo que era quizá más grave, vender un pavo real que le estaba dedicado.

Con frecuencia en muchas casas se le destina un animal a algún santo en calidad de "guardiero". "En casa de una hija de *Yemayá*, la santa siempre quiere ver un pato (*cué-cuélle*). Ah, ¡nunca faltaba un loro —*Odídé*— loros que antes traían directamente de Africa, y sabían decir *Okuóyúmá*, en el *"Ilé"* de un lucumí. Es el pájaro favorito de todos los santos; diez y seis plumas —*Coiddé*— adornan la corona de *Obatalá*... "Ahora se pintan unas plumas de paloma... ¡se disfrazan de loro"!

*Eleguá, Ochosi* y *Oggún* aceptarán jubilosos, o exigirán un carnero o un gallardo gallo rojo; San Lázaro, *Babálua-allé*, una gallina de Guinea o una pareja de perros, blanca o negra pero con pintas amarillas; *Obatalá* una chiva, palomas o guineas blancas.

Estos animales, "pets", que se le consagran y cuya vida ampara el *Orisha* son objetos de la atención más solícita. Se les mima particularmente, se les tolera todo.. "La pata de *Yeya* está malcriadí-

sima... ¡Ahora ha escogido la sala para hacer sus necesidades"!
El sitio no es nada indicado, sin dicusión; y es cierto que la familia
de *Yeya* deplora que esta pata se ha hecho un hábito de venir desde
el patio a ensuciarse en el lugar más visible de la casa, justamente
en medio de la sala; pero nadie se atreve a reprenderla ni a impe-
dirlo. ¡"Es *Yemayá*"! Otra pata, la de Alicia M., ha cumplido doce
años haciendo su santísima voluntad. Tengo el gusto de conocerla
y en efecto no puede darse un animal más insolente. El mal trato de
que se les haría víctima sería castigado duramente por el "santo",
su verdadero dueño. Pegarle a un animal que es propiedad de un
*Orisha* es tanto como ofender al mismo *Orisha* y atraerse su enojo.
Estos animales, chivos, carneros, perros, etc., con frecuencia ostentan en el cuello o en una pata una cinta del color del santo.

El pavo real (*Agüi, Agüeni o Lorá*), es favorito de *Oshún* que
estima sus plumas como uno de sus más bellos adornos. El santero
inescrupuloso de que hablamos, el mismo día que vendió el pavo
real de su *Oshún*, fué poseído por la santa. "Le bajó *Oshún*". Serían
más de las once de la noche y en la calle del tranquilo barrio en que
éste habitaba, casi todos los vecinos se habían recogido. La santa
fué llamándolos puerta por puerta y reunió unas veinte personas,
a las que fueron uniéndose otras tantas, y que condujo a la casa de
su *Omó* para comunicarles lo siguiente: "XX ha vendido mi pavo
real... Mi pavo real, regalo de mi hijo Z, y ha empeñado mi manta
de burato que me compró mi hija X. Yo quiero que me traigan a
XX para abochornarlo delante de todos ustedes: ¡Busquen a XX"!

¡Imagínese que compromiso! —me contó a la mañana siguiente un testigo de la escena, amigo y vecino del santero que por en-
cargo mío siguió todos los pormenores de esta historia y me informó
hasta el fin—; "imagínese que compromiso, buscarle a XX cuando
ella, "*Oshún*", estaba montada en él mismo XX". Ante ésta exigen-
cia imposible de satisfacer, los presentes le explicaron a *Oshún* que
XX se hallaba lejos en la Habana y no sabían donde.

—¡"Pues lo esperaré hasta que vuelva"! *Oshún* parecía en el
colmo de la indignación, respirando gordo, golpeando furiosamente
con el pié en el suelo, y fué menester abanicarlo. (*Abbébe*, el aba-
nico entra en acción inmediatamente, apenas el santo se manifiesta
airado).

—"Es mío, mi pavo real que yo quiero" —repetía la santa—. "Mi
pavo-real y mi manta de burato". Un poco más aplacada, ¡"Cómo

hubo que darle coba, que pasarle la mano a *Yéyé*, para que no se quedara esperando a XX". Se le aseguró que le transmitirían una a una sus palabras.

—"Si mamá; él va a devolverle su pavo real y su manta, cálmese usted, verá que sí. Nosotros se lo diremos todo". Y díganle que si no me trae mi pavo real él va *Ikú* (a morir). ¿Quién es él para disponer de lo mío? ¿Se ha creído que yo soy muchacho, para jugar conmigo?... Si dentro de tres días no está aquí mi manta, mi *Odidé*, él va a saber quien es *Yalodde* ¡Va a bailar caballito! *Obisú ñañá, Afóyuddi... Addóddi"* (sucio, invertido, y otras injurias). Y así *Mamá-Cahé*, como se le llama familiarmente en otras ocasiones, cuando esta diosa del amor y de la alegría está de buenas, se despidió sin desfruncir el ceño.

Advirtieron inmediatamente a XX en cuanto "se le fué" el santo, de la visita de su madre, y éste convino en que era cierto cuanto les había dicho... Dos días después el *Babalocha* ardía en calentura. Temeroso, pues *Oshún* le había fijado un término de tres días para desagraviarla, corrió a la casa de empeño y tuvo que comprar otra manta: la de *Oshún* había sido vendida. Corrió al mercado y compró un pavo real pequeño. De regreso a la casa, temblando de fiebre, corrió al canastillero, levantó la sopera que contenía el *Otán* [17] (la piedra), del *Orisha* y disculpándose, le presentó la manta y el pavo.

XX, se acostó creyéndose perdonado, pero *Oshún* volvió a "montarlo" y esta vez a voz en cuello, desde el portal de la casa llamó a

---

17 "El Santo vive en *Otán*" "*Orisha* es piedra, viene a la piedra y recibe en ella".

Los *orishas*, los santos lucumís, representados por piedra —*Otan*— que son objeto de culto, antaño y sobre todo en el campo, no se guardaban en "canastilleros" (armarios así llamados y correctamente por el santero, de pequeñas proporciones generalmente y sin hojas de cristal, como aquellos sino en un ángulo de la habitación que les estaba destinado a los *orishas*,

Las viejas Santeras duermen, dormían antes, en una estera junto a ellos, y he conocido a una viejita que-enferma, sin hijos ni protección alguna obligada a mendigar su sustento, llevaba las piedras metidas en el seno, "por el amor que le tenía a los santos". Se depositaban los *Otan* en el suelo o debajo de una mesa cuadrada que tenía su nombre y a la que se dá en lengua un término que no puedo citar de memoria, metidos en tazas, no en soperas "*gorishas*". El uso de la sopera para guardar los santos parece iniciarse con el siglo. Tazas adornadas con bordes y listas de color, que parecen haber sido muy típicas en *Ocha* y según insisten muchos en afirmarlo, de procedencia africana. Los africanos y los viejos criollos no perdían contacto con el Africa y por medios de viajantes canarios importaban todos los objetos necesarios al culto: cocos de los empleados en el asiento y de los llamados "de vida" para resguardos o prendas, cuentas, caracoles para la adivinación y el adorno de objetos rituales; semillas, cortezas;

los vecinos. "¡Mi *Agüeni* era grande! ¡Era *gán-gán!* —tronaba— ¡"Era así!" y señalaba exageradamente como un metro del suelo. "Esto que me ha traído es un tomeguín". ¡No es mi pavo real y yo no lo quiero! Y tampoco ésta es mi manta de burato. ¡Esta es una manta usada, sucia, rota, —mire ahí el zurcido—, que éste sinvergüenza ha comprado en la casa de empeño! La furia de *Oshún* no tenía nombre, las amenazas se acumularon en aquella visita. Para no cansar al lector, la "santa" hizo vivir días amargos al *Babalocha*, que enfermó y a quien descubrió todas sus picardías: le anunció la visita de la justicia, que en efecto se presentó una mañana reclamando el cobro de unos muebles adquiridos a plazos, que

pieles, colmillos, cuernos de animales, plumas de pájaros; cueros para los tambores; ídolos, piedras, etc. etc.

Este comercio del que eran clientes no sólo los santeros, sino los innumerables adeptos de los cultos africanos, dicen haber subsistido regularmente, hasta la guerra de Independencia del 95. Un isleño (de Canarias) venía dos veces al año, ya establecida la República y recorría las casas de los santeros de la Habana a ofrecer sus mercancías traídas de Africa, que se pagaban a muy buen precio, y hacerse cargo de nuevos pedidos. Una mano de caracoles costaba cinco pesos. Hoy México está supliendo los caracoles. Las pieles de gato montés, adornadas con caracoles africanos, para *Ochosi*, la suplía México y alcanzaba sumas elevadas. La taza que contenía a *Yemayá*, (una piedra y seis piedras pequeñas, siete es el número de *Yemayá*, y cada Santo ostenta un número), tenía el borde o listas azules, o era enteramente azul. *Obatalá* (una sola piedra) blanca. *Ochún*, cinco piedras amarillas o listas amarillas. *Oyá* una piedra y blanca o toda blanca o con listas de varios colores. *Yegguá*, roja. *Elegguá*, una sola piedra, algunas conchíferas que simula una cabeza con un pequeño cuchillo de metal de remate; ojos y boca de caracol. *Oggún*, siete piezas de hierro; *Ochosi*, una flecha de hierro, que se depositaban en "friera", es decir, en cazuela chata de barro. *Changó*, seis piedras de las llamadas de rayo, en batea de cedro pintada de blanco y rojo, con siete pequeñas piezas arriba, también de cedro, reproduciendo un hacha, un machete, una hoz, una guataca, un rastrillo, una espada y el *acheré* (la maraca).

De la pared colgaban de un gancho o percha los trajes, a veces muy vistosos, y costosos por cierto, las manteletas y pañuelos que debían lucir los hijos del santo o el santero cuando el *Orisha* se posesionaba de ellos.

Los atributos (llamados corrientemente *herramientas*) de los *orishas* se colocaban junto a las tazas. Y con excepción de la roja, todo se ponía en el suelo. "Tazas, platos blancos o de colores, jícaras, (*ibá*) de la que hacían gran uso los antiguos, sillas (*apotié*) para *Ochún* o *Batalá*; pilón, para *Changó*, *Yemayá*, *Oyá*; pañuelos y abanicos de guano que adornaban con cintas de colores o plumas del ave que pertenecía al *orisha*; el de *Yemayá* que se ribeteaba con un vuelo de cinta azul; el de *Ochún*, cinta amarilla o plumas de pavo real; el de *Oyá* con cinta de todos colores, etc. Y protestan las santeras viejas que me informan: "Nada de escaparatico con espejos, nada de muñequitos de celoloy, (celuloide) y de tantas visiones y adornos que gastan hoy las santeras". Se cubrían los espejos si los había por *Ollá*; "y hoy tienen espejos en el cuarto de los Santos, ah, pero dicen la juventud que estos son vejeces... y con el dicho hasta *coitcan* en cuarto del santo".

En las reglas congas o de Palo Monte, las *Gangas* se tienen en el suelo en calderos y cazuelas de barro; se adornan éstas con las plumas de las aves que

XX había vendido sin pagarlos y cuyo importe tuvo que abonar de prisa para evitarse una temporadita de cárcel. *Oshún* le llenó de piedras, —"de chinitas"— su vesícula; lo redujo a los huesos... y por último, después de muchas rogativas, cansada de hacerle penar, o cediendo a los ruegos de su hermana *Yemayá*, que intercedió por el *Babalocha* arrepentido, se dejó "amansar" y lo perdonó sacándolo con vida de una operación, a la que fué sometido por consejo de *Oshún*, para sacrle las piedras; "las mismas que ella le había hecho criar en el buche"

"Los "santos" envían las enfermedades y también otras calamidades, como en el caso de Papá Colás, muy conocido en la Habana a fines del siglo y cuyo fin violento recordarán los viejos. Era *"Omó Obatalá"*, y tenía la incalificable costumbre de enojarse soezmente

---

se les sacrifican. Este es el único adorno: ni platos ni "herramientas" ni abanicos, ni pañuelos.

No falta en casa de ningún santero lucumí, a quien le sople la fortuna, —ni en la de los *kimbisas* del Santo Cristo del Buen Viaje,— un altar aparte con imágenes de bulto católicas. Nuestra señora de las Mercedes, (*Obatalá*) la Virgen de Regla y de la Caridad del Cobre, (*Oshum y Yemayá*), San Lázaro (*Babalú-ayé*), Santa Bárbara, (*Changó*) imágenes comerciales, a veces talladas en cedros, toscamente, como suele ser la de *Changó* y con marcada reminecencia africana, vestido este, con chaqueta y pantalón rojo, camisa blanca, capa y gorro rojo, una espada o un machete en una mano inclinada hacia abajo, pues de lo contrario este Santo escencialmente guerrero movería a riñas y a altercados en la casa, y en la otra mano, sostenido un cetro; dos muñecos idénticos, también de cedro, que representan a los *Ibelles*, catolizado San Coste y San Damián, muy adorados y respetados en toda la Isla; litografías de la Candelaria *(Ollá)*, de San Norberto, (*Ochosi*), de Santa Teresa (*Naná Bulukú*, en la Habana), etc. El altar que consta de varias gradas se adorna profusamente con flores de papel, (se hace gran uso de la escarchilla) bombillos eléctricos o velas; búcaros y juguetes: patitos de celuloide de losa o de yeso. Los santeros se surten hoy en las tiendas del "Ten-Cent", para embellecer con su pacotilla los altares; caballitos, perros, gatos, (le pertenecen, según unos a *Obatalá y Ochosi*), de los mismos materiales citados; espadas, hachas pequeñas, peces, barquitos, anclas, una media luna de metal, remos; todo un mundo de chucherías y objetos en miniaturas, que a veces el mismo santero fabrica y que se relacionan con el carácter, los gustos y ocupaciones de los santos.

Los perros serán para *Oggún*; patos, peces, crustáceos, remos, barcas, lunes y estrellas para *Yemayá y Oshún*; machetitos, espadas, cadenillas, tenazas, herraduras, flechas, en miniaturas para los guerreros *Oggún y Ochosi*; tamborcillos, caballos y gallitos para *Changó; muletas* y perros para *Babalú-Ayé*, San Lázaro; monitos, "el mono es el secretario de *Obatalá*", palomas, gallinitas blancas para *Obatalá;* trompos, pelotas, bolas de vidrio y otros juguetes, para los *Ibelles*, los Gemelos, que son niños y por lo tanto muy aficionados a jugar. Y un número crecido de sillitas, mesitas, soperitas, tacitas, y platitos diminutos.

A veces si el dueño del altar es un hijo o devoto de *Changó*, aparece un castillo de cartón, en el que se coloca la imagen de éste, dominando un despliegue de soldaditos de plato, infantería y caballería; toda una serie de objetos bélicos en miniatura; líneas de ferrocarril con trenes, cañones, tanques, ambulancias, revólveres, escopeticas, ametralladoras... aviones: Es el Dios del Comcon su santo, de insultarlo cuando carecía de dinero... Por varios conductos retengo la historia: Sabido es que *Obatalá* el dios puro por excelencia, —es el Inmaculado, el dios de la blancura, el dueño de todo lo que es blanco o participa esencialmente de lo blanco—, exige un trato delicadísimo. *Obatalá* no puede sufrir inclemencia de sol, de aire, de sereno; es menester tenerle siempre envuelto en algodón, —*Oú*—, cubrirlo con un género de una blancura impecable. En sus accesos de rabia, Papá Colás asía a *Obatalá*, lo liaba en un trapo negro, y para mayor sacrilegia, lo relegaba al retrete. *Obatalá* es el Misericordioso; es el gran *Orisha* omnipotente que dice "yo siempre perdono a mis hijos"; pero a la larga se hartó de un trato tan canallesco e injustificable. Un día que a Papá Colás le bajó el santo, éste le dejó dicho que en penitencia por su irreverencia per-

---

bate. "El artillero del cielo y de la Tierra". Claro está que la diversidad de estos objetos que suministran las jugueterías, depende de los posibles del dueño.

En lo alto del altar se coloca a las Mercedes, o un Santísimo ("El Santísimo... la que echa rayos como el sol") un Cristo, o sencillamente una paloma (el Espíritu Santo *Olofi*), luego a la Virgen de Regla y a la Caridad unidas, o bien *Yemayá* arriba y la Caridad debajo de esta. Más abajo se sitúa *Changó*. "Encima de *Changó* debe de estar su Madre adoptiva, *Yemayá*, o su madre verdadera *Obatalá*, para que una de las dos amansen". Por debajo de *Changó*, los *Ibelles*. A un lado del altar San Lázaro.

Pero estos altares "son de adorno y se hacen éstos con la intención de honrarlos", en ellos no les ofrenda comida, ni se le matan aves a los santos; no se hacen rogaciones, ni se bautizan collares, no se celebra ningún rito. Ante ellos se reza —en lengua o en castellano— y se les dá sahumerio: incienso, mirra, canela, o azúcar blanca y laurel. Muchas veces son permanentes o se tienen sólo por el término de un año. Algunos de estos altares tan pintorescos, incomprensibles para quien no sabe leer en ellos el sincretismo que preside a su arreglo, y a los que cada día se aficiona más nuestro pueblo, que hace de ellos un motivo de vanidad, cuestan muy caros. Para el de su *Changó*, un teniente del Ejército gastó más de seiscientos pesos.

Como los antiguos Altares de mayo de la colonia "se velan" la víspera del aniversario de un santo en honor del cual se ha construído.

Los aniversarios de la Virgen de la Caridad, y de la Virgen de Regla, son el ocho de Septiembre (los lucumís antiguamente celebraban, el 8 de septiembre a la Virgen de Regla y el 12 del mismo mes el de la Caridad del Cobre). El de Santa Bárbara, el 4 de diciembre, San Lázaro, el 17 de diciembre. Las Mercedes, el 24 de Septiembre.

Son grandes noches de fiesta en torno a estos altares que en las casas populares encienden, para que sean expresamente "saludados" y admirados por sus amigos, vecinos y curiosos, toda la noche, hasta el amanecer. La víspera se les "vela", a las doce de la noche se les encienden las lamparillas, de aceite o los bombillos eléctricos, se les inciensa, y comienza el baile... Antes son orquestas o "claves", (Grupos de cantadores con guitarra y palitos-claves) Actualmente muchas veces con la música de la Radio. Se espera también que amanezca el día del Santo así festejado con "reuniones espirituales": Frente al altar se coloca una mesa con vasos de agua, jarras con flores, perfumes y un pebetero de incienso. Se hace la bóveda... espiritual, se invoca los espíritus

maneciera preso diez y seis días en el cuarto de los santos. Papá Colás se encogió de hombros y muy lejos de obedecer la voluntad del dios, soltando un rosario de atrocidades, se marchó a la calle sin ponerse un distintivo de *Obatalá*, ni siquiera una cinta blanca de hiladillo.

"Yo que conocí a sus hermanas doy fe que es verdad: las pobres siempre tenían el corazón temblando en la boca, comentando su mala conducta y esperando que el santo lo revolcara. Colás se portaba con los santos como un *mogrolón* (sic) y ellas decía "el Angel lo va a tumbar". Y así fué. Dormía Papá Colás frente a la ventana que daba a la calle; y sin saberse por qué, al pasar el carretón de la basura el negro, como un loco (recuérdese que *Obatalá*, "el amo

---

y los asistentes que son Mediums sentados en torno a la mesa caen en trance. Los seres "que se presentan" después de algunas peroraciones, se ocupan entonces en purificar la casa y en despojar, limpiar ,a los presentes, arrojando agua con flores, esencias y aguardiente (estas reuniones espirituales también tienen lugar el primero de año y ya es difícil transitar por ciertos barrios de la Habana en esta fecha, sin exponerse a un baño). Otros cantan cantos de santos y bailan sin que bajen los santos. Para que esto no suceda no se acompañan con cajones o tambores, sino con las palmas; pero aún así a veces el santo baja. En otras casas mucho menos severas, se toca y se baila rumba, por otro lado hay quien se limita a encender el altar a las doce y apagar sus luces y cerrar su puerta a la una y media o a las dos de la madrugada. Los santos de piedra, permanecen aparte y ocultos dentro de los armarios y rinconeras en sus roperas adornadas con los collares de cada uno, las santas hembras con sus manillas; *Oshún* con sus remos de metal, y sus platos.

Estas soperas que contienen las piedras que corresponden a cada *orisha* se sacan del armario en que se guardan los días de fiesta y se ponen en el suelo destapadas, para recibir, es decir beber la sangre de las aves o animales que se les inmola. Una vez que el *Otán* ha bebido, quedan las soperas descubiertas y llenas con la sangre del sacrificio. Se añade un poco de agua y permanecen solo tapadas, con las plumas de las aves que han sido sacrificadas, unas veinticuatro horas. La comida de los santos, —porque cada *orisha* tiene su manjar predilecto— se deposita, junto a la sopera en platos o en jícaras que es lo tradicional, el indispensable *ecó*, el pan de los santos: maíz seco que se pone en remojo de noche, en agua y ceniza.

Al día siguiente se cocina a fin de que quede blando, se muele cuidadosamente, se cuela y la masa se pone en hojas de plátanos; se vuelve a cocinar hasta que quede seco y duro como un pan y se deslie en agua fría y azucarada, el *ecó* es una bebida muy agradable.

Coco, que gusta a todos los santos y especialmente a *Obatalá*.

Frijol de carita (*ereché*) muy majado para *Yemayá*. Maíz finado bollos de frijol de carita o *Okru Aró*, especie de tamales de frijol de carita, galletas de plátano verde, melado, bolas de gofio de maíz, *ochinchin* de berro con huevo, *ochinchin* de espinaca, ñame salcochado, dulce de coco negro, melón de agua, caimito, zapote, etc. Estas son las frutas que más aficiona *Yemayá* aunque los santos todos las reciben. Gallo jabado y jiro. Pato, carnero, cochino; cochino y pato, cuando expresamente lo pide.

*Ochún*: *Ochinchin* de aselga y camarón de río, de berro y de espinaca. Arroz amarillo con camarones, bollitos de frijol de carita, calabaza, gofio con miel, miel (*oñí*) natilla, flan de huevos, panetelas, *olelé*, dulce de frijol, grageas, hari-

de las cabezas", castiga por la cabeza arrebata), armándose de la
tranca de la puerta, mató al carretonero. Así diez y seis días se con-
virtieron en diez y seis años para el desobediente. Contemporáneos
de este santero, tan conocido por sus blasfemias y rebeldías como
por su clarividencia. No tenía necesidad de echar los caracoles, "tan
fuerte era su vista". Cuentan que los jueces iban a condenarlo a
pena de muerte (garrote): hubo junta de *Babalaos*, y *Orula, Oshún*
y *Obatalá* se negaban a acceder a los ruegos de los demás santos
que pedían su gracia. *Obatalá*, después de largas súplicas, sólo perdonó y accedió a salvarle la vida "cuando los blancos pensaron en
sentenciarlo con pena de *Erí* (cabeza) y *Obatalá* por tratarse de la
cabeza de un hijo suyo, conmutó la pena". Este Papá Colás que
ha dejado tantos recuerdos entre los viejos, era invertido y ... sorprendiendo la candidez de un cura, casó disfrazado de mujer con
otro invertido, motivando el escándalo que puede presumirse. Es

---

na con dulce canistel, melón de castilla, naranja de china, fruta bomba, plátano
manzano ("es muy delicada para comer"). Gallina amarilla, chiva, pavo real,
cuando lo pide, (Es muy peligroso dárselo).

*Ollá:* Come, exceptuando carnero, casi lo mismo que *Changó:* pero no pueden
comer juntos sino por separados. Berenjena frita, harina con dulce, bollos de
frijol de carita con manteca de corojo, plátano de guinea, granada, gallina roja,
chiva.

*Changó:* Quimbombó, harina, plátanos verdes, guineos, manzanos y jonson,
fufú de plátano y de ñame, maíz tostado, mamey, manzana, marañones, grana-
das, melón de agua, piña, caña, bollos de frijol de carita con manteca de corojo
(*ere-e*), gallo indio o rojo, carnero, jutía, nobilla.

*Elegguá, Oggún y Ochosi:* frijoles, maíz tostado, pescado ahumado, jutía,
miel, manteca de corojo, pimienta, aguardiente. Pollo Negro, gallo giro, jutía
y chivo negro.

Algunas prendas muy fuertes comen tiñosa, jutía, gato, perro... Y cuando
están muy rabiosas, es menester, para suavizarlas, darles diez y seis claras de
huevo.

Preguntando a algunos dueños de *ganga*, obtengo estas respuestas:

"Mi *Mamá Loga* come de todo, ave blanca y vino seco".

"A *Mamá Ténga*, además de su gallo blanco, le gusta la canela, porque es
hembra".

A veces mi *ganga* pide de comer, pero le doy además de gallo, majá, sapo,
alacrán, lagartija, ratón, pues le gusta todo esto...

"A las *gangas* bravas como *Tumbirona, Viento Malo*, lo que les gusta es la
Sangre de Cristiano... pero como no se le puede dar se le hace una triquiñuela
y se tranquiliza".

...Aquí tocamos a un punto que no puede ser aludido sin herir vivamente la
susceptibilidad y provocar la protesta inspirada... justa por demás, de todo
adepto a las reglas lucumí o conga. ¿Las divinidades y los fetiches africanas
exigen en ocasiones sacrificios humanos?

El informante antes citado se negó a darme más explicaciones. Cuando in-
sistí sobre este deseo insatisfecho de las *gangas* "bravas" sentí que había cometido un error irremediable en llevar demasiado lejos mi curiosidad en aquella

curioso que desde muy atrás se registra el pecado nefando, como algo muy frecuente en la regla lucumí. Sin embargo, muchos *babalochas Omó-Changó* murieron castigados por un *Orisha* tan varonil y mujeriego como *Changó*, que repudia este vicio. Actualmente la proporción de pederastas en *Ocha*, (no así en las sectas que se reclaman de Congos en las que se les desprecia profundamente y se les expulsa) parece ser tan numerosa que es un motivo contínuo de indignación para los viejos santeros y devotos. "¡ A cada paso se tropieza uno un partido con su merengueteo!"

Abundan también las lesbias, (*alácuattá*) que tenían por patrón a *Inle*, el médico, *Kufufago*, San Rafael, "santo muy fuerte y misterioso" como hemos dicho, y a cuya fiesta tradicional en la loma del Angel, en los dias de la colonia, al decir de los viejos, todas aquéllas acudían. "*Addodis*", "*Obini-Toyo*", "*Obini-Ñañá*" (invertidos) y

ocasión, porque este viejo no volvió a darme más explicaciones, ensulfurándose francamente ante "una idea que tienen los blancos de que los gangaleros matan niños para dárselos a sus prendas" y acaso sospechando que yo lo creía. Claro está que no lo creo, pero de tarde en tarde, indudablemente, a las *gangas malas*, les gustaría un trago de sangre humana. Pero como no se les "puede dar" "no se le da" y la *Ganga* no la prueba nunca, salvo... en aquellos casos raros en que la criminalidad de un sujeto degenerado se mezcla a un fanatismo tan oscuro como el que comovió de terror a toda la población de Cuba con el crimen de la niña Zoila, cometido por el brujo Bocú o atribuido a él. Para todos los negros contemporáneos suyos, es un hecho que Bocú fué inocente. Para los africanos no matan niños. Sin embargo como dice Fernando Ortiz, en su estudio fundamental de la criminalidad en Cuba, "la brujería, es caldo de cultivo adecuado para el desarrollo del microbio criminoso", y es posible que algún *gangulero* de los llamados *judíos*, sea específicamente un criminal, y por lo tanto, pueda ser dominado o impulsado por el espíritu sanguinario de su *Ganga mala*.

Andando el tiempo, con el viejecito Baró, tantas veces mentado, he podido averiguar algunas de estas "triquiñuelas" a la prenda. Dice Baró: Si *Ganga* le pide muchacho, un chiquito ("un *monaluke*"), que viene a la casa, el hijo de un vecino o su propio hijo y se encapricha en él y lo exige... corra usted hijo un trato con la *ganga* comprometiéndose élla a complacerlo a usté y usté a complacerlo a élla, en legalidad usté tiene que darle al muerto lo que pide. Y le dice: "yo te lo daré pero antes de que vengas "a cabeza" esto es, a tomar posesión del *yimbi* o de un medium de la casa del hechicero tiene que haberte comido lo que te voy a dar". La *ganga* acepta, porque no se le menciona lo que se le va a dar (cree que es un gallo) y se coloca arriba del caldero una lima de hierro, un trozo de metal. "Ese espíritu, ni nadie se puede comer una lima. ¿No se la comió? Pues ya usted no está obligado a entregarle al niño".

La explicación de Baró es interesante. Conviene tenerse en cuenta que si toda *ganga* provoca en las gentes incultas cubanas el terror que se sabe, el terror unánime inspirado por una *ganga judía* o un *gangulero judío*, y la mala fama de que gozan son muy significativos.

Por lo demás, pretender, como se ha dicho tantas veces que los dioses africanos aclimatados en Cuba, de tiempo en tiempo exigen la efusión de sangre humana y que esto forme parte de los ritos, como así se cree, es enteramente falso y se comprende la indignación que tal aserto provoca en el negro.

LYDIA CABRERA

*"Alacuattás"* se daban cita en el Angel la víspera de San Rafael por la noche. Alí estaba en el año 1880, "su capataza, *La Zumbao*", que vivía en la misma loma. Armaba una mesa en la calle y vendía las famosas "tortillas de San Rafael".

De *La Zumbao*, en efecto, santera de *Inle*, me han hablado varios viejos. Era costurera con buena clientela, muy presumida y rumbosa. Otros me hablan de una Sociedad de *"Alacuattás"* integrada exclusivamente por lesbias. De otra parte, *Inle* es un santo tan casto y exigente, en lo que se refiere a la moral de sus hijos y devotos, como *Yegguá*. Es tan poco mentado como ésta, pues se le teme y nadie se arriesga a tratar con divinidades tan severas y exigentes. Ya en los últimos años del siglo pasado, por lo menos en la Habana, *Inle* no visitaba las cabezas. Una vez que fué al Palenque —me cuenta una setentona muy larga—, bajó *Inle*. Todos los santos le rindieron pleitesía y todas las santeras viejas de nación que estaban presentes "se echaron a llorar de emoción". "Desde entonces", dice, "no ha vuelto a ver a *Inle* en cabeza de nadie" y tampoco recuerda haber presenciado más nada en aquella inolvidable visita al Palenque que honró la bajada de San Rafael; pues tarde, cuando había terminado la fiesta, se halló en el fondo de la casa, en el último cuerto, atontada y con la ropa todavía empapada de agua. Deduce que le dió santo, *Inle*, quizás, y como es costumbre cuando el santo se manifiesta tomando posesión de quien le place, presentarle una jícara llena de agua para que beba y éste espurrea abundantemente a los fieles, su traje húmedo y su *sirimba*, (sentía vacía su cabeza), serían las pruebas de haberla tomado el *Orisha*... [18].

A *Inle* se le tiene en SantaClara por San Juan Baustita (24 de junio) y no por San Rafael (veinte y cuatro de octubre). Es un

---

18  *"Bajarle el santo a uno"*... o "estar montado" por el santo. (De ahí que al que sufre la intromisión de un santo se le llame "caballo" de santo. *Yimbi* —o *perros*— llaman los congos a los que pasan por el mismo trance;) "Caer con santo", "venir el santo a cabeza", es éste fenómeno viejo como la humanidad, conocido en todos los tiempos y por todos los pueblos, que se interpreta como la posesión que toma un espíritu en el cuerpo de un vivo, actuando en su interior y comportándose como si fuese su dueño verdadero el tiempo que dura su invasión.

El "santo" desaloja, valga la expresión al yo del "caballo", empleando las mismas palabras de los negros, "el santo se mete dentro de su caballo, y ese hombre o esa mujer ya no son sino el santo mismo". Esto es, el *Ego* de un individuo a quien "le dá el santo", es arrojado por éste afuera y queda anulado o sustituído. Prueba de ello, para el negro, es la pérdida de la conciencia de la personalidad habitual del "caballo"... "El santo" o el espíritu *(Ganga)* lo sorprende, "baja", entra en él contra su voluntad y queda ignorante de lo

adolescente, casi un niño; se le ofrecen juguetes y es tan travieso que lo emborrachan la noche del 23 para que no haga de las suyas y pase el día durmiendo. Amanece fresco el 25. Era el santo del famoso Blas Casanova, que en él se manifestaba muy sereno y "leía el alma de todos".

*Yegguá*, virgen, prohibe a sus hijos todo comercio sexual. De ahí que sean siempre viejas sus servidoras, e *Inle* "tan severo, tan po-

---

que ha pasado por él. No sabe lo que ha dicho ni lo que ha hecho... Siempre éste fenómeno de una fuerza extraña, de otro ser, espíritu de cualquier índole, que se adueña de un sujeto, e invade su organismo, al cesar parece no dejar ninguna huella en su memoria; así a quien le baja "santo" "nunca lo sabe". No recuerda nada... Si después no se lo dicen, no se entera. Al principio le queda un poco de pesadez en la cabeza, de sosera, de *Sirimba* atrás, en el cerebelo. Pero hay medios de prevenirse contra la posesión; el más corriente; apretarse fuertemente el cinturón o refrescar el collar que lleva siempre el adepto de cuentas del color del santo, hacerle tres nudos a este y también al pañuelo, (así se amarra al santo); o con grama o una tira de paja de maíz se ata al dedo del medio del pie, como en *Mayombe;* y sobre todo, retirarse a tiempo de lo que puede atraer al *Orisha*, como ciertos cantos litúrgicos y toques de tambor... Buen cuidado tienen algunos de salir de la habitación cuando el tambor repica y el coro se levanta en honor de "su Angel"...

Es asombrosa la facilidad con que algunos "caen" con santo o... eu trance: y es lógico que el espiritismo, multiplicando sus centros en toda la Isla, cuente actualmente con miles y miles de creyentes y de mediums: lo cual no siempre supone —contesto aquí a una pregunta—, debilitamiento en la fé de los *orishas* ni abandono de los cultos africanos. El espiritismo marcha con ellos de la mano. A pesar de sus pretensiones de espiritualidad, de "adelanto", con frecuencia no hace sino amalgamarse, confundirse, fundirse en el viejo fondo africano. *Babalauos, Mamalochas, Babalochas, Olúos y Mayomberos*, ahora "tienen espíritu", son mediums espiritistas... Así me dice una *Iyalocha* que "trabaja por lo espiritual", y por la que se manifiesta el espíritu de un *gangá:* "Ocha o Palo... ¿qué? ¿no viene a ser lo mismo? ¡Espíritu ná má! ¿No se "cae" igual con santo que con muerto?".

"Santos" y "Espíritus", son visitas diarias en las casas del pueblo cubano... Se habla con *Oshún* o con *Obatalá*, lo mismo que con el Apostol Martí o Máximo Gómez, y gracias a la abundancia de mediums, las almas de los difuntos pueden abandonar con frecuencia el espacio para venir a conservar con los parientes y amigos; fuman tabaco y dan su opinión sobre los acontecimientos de actualidad. Los hay políticos que apoyan con brío una candidatura y piden en tono apocalíptico votos para el partido de sus simpatías.

Esta facilidad, en fin, de ciertas gentes, de caer en trance, o con santo, habrá de explicarse por una predisposición congénita, en la mayoría, a la sugestión; y desde luego a la psicología pueril e impresionable, a la tradición religiosa, a la creencia, —mejor dicho— a la convicción que no han perdido, en la existencia de los espíritus y por lo tanto en la aceptación de la realidad de estas manifestaciones de un mundo sobrenatural... Quizás, en fin, a su misma constitución. Cualquier estado anormal psíquico puede representar la ingerencia de algún espíritu que penetra en una persona y toma el lugar, no se entromete en ocasiones, sin desplazarlo del todo, en el espíritu de ésta. "Fulano está turbado". "Se le ha pegado un Ser". "Tiene un Ser con ella".

No es raro que el santo se manifieste en muchos individuos desde la más tierna infancia. Convulsiones de las que suelen provocar los parásitos, en Cuba tan frecuentes, epilepsia, alteraciones nerviosas, toda forma de locura, histerismo;

deroso y delicado con Yegguá" [19], acaso exigía lo mismo de sus santeras, las cuales se abstenían de mantener relaciones sexuales con los hombres.

Por regla general, tanto en *Ocha* como en *Mayombe*, el santero no puede andar con su *Orishas* o con sus *gangas* si, habiendo realizado el acto sexual, no se purifica antes debidamente con agua y

---

cualquier desarreglo nervioso, se le atribuye a la intervención de un santo'' o... al ánima de un muerto.

"El muerto trastorna mucho''. El espíritu atrasado enloquece al que agarra''. Tan corriente es en Cuba la posesión, sugestión —autónoma o provocada... y simulada—, que a todo el que quiera observarla le sobrarán ocasiones. Ahí están los solares... los bembés, los juegos de palo, o sencillamente los velorios.

La "bajada'' del santo —o del *Inkiso*,— puede producirse espontáneamente o sorprendiendo éste a quien le place en cualquier momento y en cualquier parte...

María Z se hallaba en la habitación del hospedaje, recién llegada al pueblo; no conocía a nadie en la Habana: no se hubiera atrevido a andar sola por las calles de la ciudad. El marido salió un momento a buscar cigarros al café mas cercano. Al volver no halló a su mujer. En su corta ausencia, ésta por primera vez, había caído con santo y éste la había llevado a una casa distante de la posada, en la que se celebraba un toque para la Virgen de Regla. (Su Angel). Una hora larga después, un negrito vino a avisarle al marido ''de parte de la Santa'' que fuese a buscar a su mujer a un tambor que se daba en la calle de Figuras, donde ella, *Yemayá*, la había conducido...

En más de una ocasión en Pagoloti, donde solía reunirme en una casa con varios negros y negras de edad avanzada, he visto ''bajarle el santo'' a alguno, porque la conversación giraba despreocupadamente en torno a un episodio o al carácter de su santo...

En las fiestas lucumís, en los toques de tambor que se celebran en honor de los *Orishas*, la posesión es sugerida por los tambores, los cantos y los bailes. La bajada del santo, se provoca intencionalmente en el bembé, como en otras ceremonias. El *Omó-Orisha*, evidentemente, es un medio directo, indispensable, de comunicación entre las divinidades y los hombres. En el gentío que se agrupa habitualmente en las casas de los santeros cuando ''vienen los santos'', el ''caballo'' realiza la misma función social que en una colectividad primitiva... El *Orisha*, valiéndose de éste, habla a través suyo, digo, con toda la autoridad de un *Orisha*: es interrogado, responde a los consejos que se le piden, los dá espontáneamente, reconviene, amenaza con un ''*pikuti*'' (castigo) a los que ''andan bamboleando'' es decir, se conducen mal. He presenciado el regaño de un santo a un hijo que abusaba del alcohol; la vergüenza de una mujer a quien *Ollá* públicamente echaba en cara los abortos anteriores, arrancándole el juramento de ''no echar afuera la criatura que tenía en el vientre, porque se la iba a llevar a ella al otro mundo''. Se solicita su protección; el santo ''despoja'', purifica con su contacto, envía mensajes a los ausentes, augura, prescribe remedios. Se alegra en compañía de los mortales, que considera como a hijos y para el bien de éstos, contentarlos, adularlos, es el objeto de estas fiestas, bai-

---

[19] *La piedra de Oshun*, es decir *Oshún*, no puede estar en el mismo lugar que *Yegguá*. *Oshún*, ''es *panchá gara*'' —''*Alab-Bóa*''— (el negro pronuncia unas veces *pachaggara*, y otras distintamente, *panchauana*) o sea ramera, o como decían antes ''cebolla'' y no puede codearse con una virgen, tan pura y tan intransigente en cuestiones de moral, como *Yegguá*.

Por otra parte, *Oschun* es la Vida y *Yegguá* es la Muerte.

Ha de tenérsela siempre en alto; no puede tocar la tierra...

yerba. La ceniza en regla de Palo-Monte, sirve a este efecto. Las mujeres durante el período de menstruación no pueden, igualmente, participar en ninguna ceremonia. En el cuarto de los santos debe observarse el mayor decoro. Hay santos delante de los cuales no puede usarse un lenguaje demasiado libre, sin exponerse a algún accidente. Hay oraciones, la de los *Catorce Santos Auxiliares*, la

---

lando las danzas a veces tan bellas como las de *Yemayá* (la que ha llamado poeticamente Ortiz "danza de los manantiales"), *Oshún* y *Oggún;* y depende mucho la belleza de estos bailes del arte del bailarín.

Llama la atención de que sean los viejos casi siempre los que bailan mejor. Esta misma observación me dice haberla hecho por su parte, en otros países del Caribe que han sufrido como nosotros una influencia maciza africana, Mrs. Katherine Dunham, —la gran bailarina mulata norteamericana— en Haití y en Jamaica, donde pudo asistir a las danzas de los Marroons.

El *Omó* expresa las mismas características que se atribuyen al Angel que lo posee. *Angel* también le dicen los negros al santo, buscando el equivalente católico: Angel Guardián de su vidas. Una mujer atrasada o fina, por ejemplo, hablará recio, adoptará actitudes arrogantes y bravuconas, si es *Changó*, o algún *Orisha* de los llamados "guerreros" quien la posee. Al extremo, que a las hijas de *Changó* las visten casi siempre con un traje masculino, adornado de cascabeles, con pantalones rojos, pues suele el santo desgarrar o levantar las faldas de la *Iyálocha*, demostrando que no es una mujer y que las faldas, le molestan. A aquellas a quien *Changó* "monta" se suben los vestidos o como he visto tantas veces, hacen gestos subversivos, que sugieren la masculinidad que el dios se empeña en evidenciar.

Si un *Omó-Eleggúa* es persona seria, nada inclinada a la broma, se transformará súbitamente en un bromista, "parejero, relajón, sacando fiestas para que uno se ria"... De lo que se abstendrá el advertido, pues *Eleggúa* "que es un pícaro", si provoca la risa de los concurrentes a la fiesta de santo es con la intención de buscar camorra, de armar un lío imprevisto. A este santo es prudente despedirlo o no dejarle pasar de la puerta adentro. A *Changó* conviene no aceptarle la comida que ofrece, pues se corre el peligro de que el santo exige luego el pago de aquel obsequio.

El abstemio poseído por *Oggún* se beberá de un golpe la botella de aguardiente. *Babaluayé*, San Lázaro —"ará dajome de nacimiento"— inmediatamente hace tomar a su *omó* el aspecto de un individuo achacoso o mimado por un mal deformante, le retuerce, las piernas o brazos, le dobla el espinazo...

Este dios, cuya estampa encontraremos con tanta frecuencia detrás de la puerta, acompañada de un pan o de una escobilla, y que es el dueño de la viruela y de las epidemias, a veces en posesión de su *omó* realiza los actos más repugnantes: le pasa la lengua a las úlceras de un enfermo, (es el dueño de las llagas) "limpia" es decir, "purifica" el cuerpo lacerado con un trozo de carne cruda, y después se lo come... "Yo he visto a Tatá Cañeñé en el campo revolearse en un animal muerto lleno de gusanos, y frotarse todo el cuerpo con aquella podredumbre".

Tiene además, *Babaluayé* "la fea costumbre de comerse las mucosidades de la nariz y de los ojos"... Como *Eleggúa*, también "baja" riendo, para tentar a los que estén presentes y... castigar después. Está de más decir que es el *Orisha* que inspira más terror y respeto. El creyente dice: "con todos los santos se puede jugar un poquito menos con él". "Ni los congos, que son diablos, se le atreven".

Un *Obatalá* varón temblará de pies a cabeza: será un viejecito inclinado, de andar vacilante y trémulo: *Ochagriñá o Agguiriñán;* pero este viejo temblón no

de *Santa Inés*, la del *Gran Poder de Dios*, y *Las Tres Necesidades*,
que no pueden recitarlas las bocas desvergonzadas. La *Iyagguó*,
—neófita de la regla de *Ocha*—, deberá mantenerse casta todo un
año después de la iniciación. Lo mismo que el *Igguoro*. Un deceso
obliga también a abstenerse por cierto número de días, nueve (*Yegguá, Olla*) de todo comercio carnal.

---

es por menos un bravo guerrero que se incorpora, mima los gestos del paladín,
que se bate briosamente. *Allagunna*, el creador de las disputas entre los pueblos,
"el que enciende la candela", también es un *orisha* combativo", y hasta un
poco hampón "pues por un camino (esto es, un período de su vida) "fué ladrón". Un informante de quien és "el Angel", me confió que muchos hijos
suyos, "desabillan las fosas", en caló, "roban".

En cuanto a las santas, *Yemayá* se distinguirá por sus aires de reina. "*Yemayá Sarammaggüe Sarabbi Olokun* "gran mujer de gran riqueza" y muy
adusta y altanera, como *Yemayá Achabbá* de fuerte mirar que tiene la particu-
laridad de escuchar de perfil o de espaldas; y varonil, violenta, como *Yemayá
Oggutté*, y *Malleleo* (si se toca la cara del *Omó* en que está la santa, ésta se
avergüenza y se marcha) o coqueta, y engreida como *Yemayá Ataramaóá*. *Oshún,
Yeyeoari*, es la quinta esencia de la coquetería, de la gracia, de la "sandunga"...
prototipo de la castiza mulata de rumba y como tal se manifiesta, alegre, retre-
chera, provocativa, pero con toda la arrogancia, el tronío y las ínfulas de una
diosa (*Yeyé cari, abeberillé moró laddé codllú alemádde otto*) que gobierna
nada menos que al mundo...

En cuanto a la realidad de estos fenómenos, los mismos negros establecen
una diferencia: cuando la naturaleza convulsiva de éstos nos ha parecido indu-
dable, el negro cree firmemente que el "santo ha bajado" y que es una divinidad, —no puede pensarse en otra cosa—, la que ha invadido y actúa en el
"caballo", la nueva individualidad, que en él se exterioriza no puede ser sino
un santo... Recordaré aquí la primera vez que con estupor, confesaré que miedo,
ví una parda que pesaría más de doscientas libras, al repicar el tambor para
*Changó*, caer de un salto increíble al suelo, rígida, recibiendo un golpe en la
base del cráneo, que me pareció mortal. Presa de convulsiones, continuó golpeán-
dose violentamente la cabeza; se incorporó después y ¡dió varias vueltas de carnero...! Francamente, no comprendía yo, como aquella mujer corpulenta, que
parecía impedida por su excesiva gordura, tan callada o indiferente hasta aquel
momento, no se hubiese matado fracturándose el cráneo. "No es nada... Es
que tiene un *Changó* muy bravo", me explicaron. En aquella ocasión, tuve la
sensación de ver bailar efectivamente a *Changó*.

Cuando estos estados, como podrá observar cualquiera, nos han parecido
francamente simulados, el mismo negro o negra vieja que nos ha acompañado
los han tachado despectivamente de "*santicos*"... "Santos de verdad y santicos... de mentiritas".

Pero el que tiene "*santico*", como dicen mis viejos, el que simula, si no
presenta el estado de desarreglo realmente anormal que se advierte en esos casos
que refuerzan la íntima convicción de los negros en la manifestación de sus
*Orishas* o espíritus, actúa de un modo muy semejante al que tiene "santo" y
todos lo aceptan como tal... Así que después de asistir a muchos bembés se
tiene la impresión de que el comportamiento de los "caballos" está muy estu-
diado de antemano, como el de los "mediums" espiritistas profesionales": Si
el "caballo" la mayoría de las veces realiza un fraude, el fraude es en común,
todos tienen la necesidad psicológica de participar de él, de propiciarlo. "Los
santos de *Ocha* son más tranquilos" —con excepción de los guerreros— que los
de Palo Monte".

No siempre los santos, sin embargo, castigan con justicia. Si en el caso de un Papá Colás se comprende que *Obatalá* aplicara a su hijo un correctivo más que merecido, en el de X, que vamos a señalar, el rigor de *Changó* parece tan excesivo como gratuito. Contra el capricho monstruoso de los dioses, contra su antipatía que se ensaña en algún mortal "porque sí", no puede lucharse.

Se ataja a tiempo el mal que desencadena el mayombero judío, este tipo que aún inspira aquí en las masas ignorantes y de mentalidad infantil un terror en el que hallaremos tan fuertes, tan rancias reminiscencias africanas: todo se estrella, en cambio, contra la mala voluntad irreductible del "santo" que "se emperra" y niega su protección al hombre infortunado sin más pecado que el de haber incurrido en su desagrado. Como se dice en Cuba, por "haberle caído mal". Si es cierto que el favor de los *Orishas* se compra, pues son éstos muy interesados y voraces comelones, cuando el *Orisha* se enterca y se hace el sordo, no acepta transacción alguna. Y aquí el papel del "conjurado" afrocubano con los medios de que se vale, *Diloggún, Ifá, Vitite,* etc., para revelar al hombre desprovisto de clarividencia el misterio del presente, o la incógnita del futuro, con los males susceptibles de alejar, o los bienes que precisa asegurar, y qué días por venir le traen aparejados. Si es honrado, no insistirá en rogativas que arruinen al sentenciado sin apelación con gastos que implican serios sacrificios las más de las veces y de los que sólo el *Babalao* o *Babalocha* se beneficiará exclusivamente. "Cuando el santo vuelve la espalda y quiere perder a uno ¿qué se va a hacer?" Absolutamente nada... La enfermedad entonces, —lo saben el *Babalao*, el *Mayombero*—, no tiene remedio; ya no existe para este individuo "cambio de vida" [20]; ni mucho menos la yerba, la "gracia" de la yerba, que una de estas fuerzas personificadas de la naturaleza le infundiría para la curación mediante esas ofrendas circunstanciales y eficaces, negociadas de antemano por los mismos santos consultados, las cuales son indicadas por los caracoles o el *Ifá*, especificando su naturaleza.

X, al revés de Papá Colás, no era santero; no le "bajaba santo" y éste no podía amonestarlo ni advertirle el mal que por su culpa le

---

[20] *Cambio de Vida.*—Esta práctica milenaria de magia homeopática, consiste en hacer pasar la enfermedad de una persona a un animal o a un muñeco al que se tratará de darle todo el parecido posible con la persona que se intenta salvar. En otro lugar describiremos detalladamente este rito.

amenazaba. En un toque de tambor, *Changó* le pidió "*Agguéddé* (plátano, al que es extraordinariamente aficionado este dios) y X, no lo entendió o se hizo el distraído. Es verdad que no creía mucho en los santos; detalle de la mayor importancia.

Y, los domingos iba de compras al mercado con un cesto. Alguien se le acercó y le habló en lengua. X perdió el conocimiento y sin recobrarlo lo llevaron a su habitación en el solar. No volvió en sí hasta transcurridas cinco horas. Estando X inconsciente en la cama, su mujer "cae" con *Changó*, se presenta en casa de su madrina y refiere lo sucedido.

"*!Alafi!*, (*Changó*) ¿pero que has hecho?", le preguntan. "*Etié mi cosinca*" (No he hecho nada), decía el santo maliciosamente, dándose palmadas en las rodillas y encogiéndose de hombros con aire hipócrita.

La madrina le retiró el santo a la mujer de X. Se retira el santo sentando al poseso en una silla, cubriéndole primero la cabeza con un paño blanco; se le sopla y se le dicen al oído unas palabras en lengua, se le dan tres golpes en el cuerpo y se llama fuertemente a la persona por su nombre propio. También se acuesta a la persona en una estera boca abajo y en ésta posición se le despide. Aunque todos disimularon después lo sucedido de modo que ella no sospechase que *Changó* "la había montado", no se perdió tiempo; se hicieron rogaciones y X, advertido por aquella *Iyálocha*, madrina de su mujer, le dió un hermoso carnero a *Changó*. Pero éste... "de tan rencoroso, de tan caprichoso que es" no quedó satisfecho. X poco después enfermó y su mujer no podia dejarlo sólo, porque inmediatamente *Alafi* lo lanzaba al suelo y quedaba atontado, privado de movimiento por mucho rato. Explicaba, al volver en sí, que un negro lo subía en alto y lo dejaba caer.

Irreconciliable el *santo*, X murió, como no podian dudarlo su mujer y la madrina de ésta; "por la tirria de Santa Bárbara o *Changó*, que se empeñó en acabar con él". Efecto de la susceptibilidad o del justo enojo de los *Orishas*, odios, venganzas ocultas que el arte malvado y el poder del brujo satisface, el origen de una enfermedad se halla con no menos frecuencia en la acción funesta que por resentimiento, o por querencia, pudiera ejercer en nosotros algún muerto. Un *Eggun*, —un *Fúndbi*— que por una razón u otra no se nos separa e intenta llevarnos de este mundo.

EGGÜE O VICHICHI FINDA

Un toque de tambor con sus consiguientes matanzas de animales y aves, una "misa espiritual" [21] de un tiempo acá en un centro

[21] *La misa espiritual,* hoy muy generalizada, pero que no anula la misa
católica, por el descanso de su alma, ("muerto pide misa") ahora suele aña-
dirse a la que se celebra tradicionalmente en la iglesia en el aniversario de una
muerte, después de practicado el *Ituto* del santero. Consiste en ofrendarle flores
al finado, invocar su alma con el fin de conocer su voluntad, de saber si "necesita luz" y ayudarle, en el caso de que esté "atrasado en su evolución espiritual". Al efecto se reunen varios mediums en torno a una mesa, con búcaros
de flores y vasos de "agua fluidicada" y con perfumes... (loción Pompeya).
Y no sólo los mediums, que diríamos profesionales, sino parientes, amigos del
muerto suelen "caer en trance", sino muchos de los invitados y curiosos que
acuden sin ser invitados a éstas ceremonias "espirituales" en las cuales aparece,
como en todo lo que toca a la religión de nuestros negros, el fondo africano...

Se da el caso, sin embargo, que algunos "difuntos" recalcitrantes, "no se
presentan" en la misa espiritual. Y le mandan decir a su doliente, por medio
del santero "montado" o del caracol, que no quiere "misa espiritual", sino
católica.

"La misa espiritual está de moda. Yo a mis muertos me constituyo a po-
nerles, siempre, la comida que más les gustaba en un rinconcito, y así los tengo
contentos", concluye una viejita, filosóficamente; "los mios no han entrado
en la moda de pedir que les den luz en el espacio. Yo les enciendo una lampa-
rita de aceite, y eso les basta".

Esto es importante de subrayar. La mayoría de los "espíritus" que se mani-
fiestan por tantos espiritistas, —a veces supuestos "mediums" blancos también,— son "espíritus de nación", de esclavos africanos desencarnados hace
tiempo, y que se expresan como bozales... Taita José, Ña Francisca, Ta Lo-
renzo, lucumí, el Congo, el Gangá, el Macuá, etc. Estos espíritus curan con
yerbas y mandan a hacer las mismas cosas que se acostumbraban en las "casas
de santos" o de Mayombe. Sirva de muestra la siguiente nota: "Pastor comienza a resoplar; cierra los ojos, da unos golpes fuertes en los brazos del
sillón, hace una mueca, chasquea la lengua y comienza a hablar: "Buena noche
manito". Miguel, la vieja Yeya, Nena, mi doncella mulata, creyente convencida,
naturalmente que siente fluídos y tiene sueños proféticos, algunos en realidad
muy curiosos, y dos señoras de sociedad muy interesadas en la magia, —repeti-
mos,— "Buenas noches hermano".

Principia: "yo só píritu congo Francisca Gonzale. Yo ñama a *Sambia,* sobre
tó cosa. Dia que Mayombe tésia, mundo s'acabá. Palo monte dá los palos pá
lo malo. Sin *Sambia* no hay ná! ¡Con *Sambia* tó! ¡No son vidá! —Así es".
"Siete protencia pa salvá, guaddá malo ojo, malo voluntá, gente son malo yijo,
diablo tá aguaitá... Toda la cosas son tré. 3, 6, 9... Padre, madre, piritu
santo."

"Yo vá hacé reguado, que *malembe* no te coge yijo, regualdo pa tu cuerpo,
no deja pasá tó lo malo. (Miguel trae entonces una palangana y un vaso de
yerbas. Llena una botella de aguardiente que las señoras ya habían mandado
a comprar por indicación de Pastor, "jefe del "guía" que cuando viene bebe,
como buena conga, mucho aguardiente".

Habla el Medium: —"Mira yijo, yo coge la palangana. Arrima *Obatalá*
(un pedazo de manteca de cacao, se unta las manos con la manteca, se restriega
la cara, los ojos, la cabeza y la base del craneo). Brucá, Migué, candelo y lo
fufuriango, (los fósforos) (Enciende una vela y un cigarro que le ofrezco.)
Lo humó se lo llevá tó, tó lo malo... cujá, pañé, cigarro blanco como debe sé
conciencia critiano! Lo crucifijo (un pequeño crucifijo que le alarga Miguel).
lo crucifijo, al suelo prángana... Cacho de *Obatalá.* (vuelve a untarse las ma-

espiritual o las misas tradicionales en la iglesia católica [22] que se
celebran siempre por el alma de los santeros y santeras muertas;
de modo que la misa en la iglesia completa las ceremonias que se

---

nos y se come la manteca de cacao). Poné lo yéba Migué... me limpio con é''
(mastica unas yerbas, se asoma al patio y sopla).

Anda con los ojos entornados y dice molesto como si advirtiera la atención
con que observo sus movimientos: ''yo vé con ojo cerrá''!... ¡A que ahora
tú no cribania ''con ojo cerrao, y tú son sabio!. Sabio é *Sambia*, la Divina Pro-
videncia, tu no son sabio ná!''

(Miguel tiene un tabaco encendido en la mano. Han ripiado las yerbas y
las han sumergido en la palangana.) ''Migué trae lo *malafo*''. Niña son fina,
ejé, niña bebe vino duce, negra conga píritu congo Francisca Gonzale bebe
guardiente''... (Apura dos largos sorbos, como si fuera agua. Vuelve a llenarse la boca y rocía el crucifijo, el agua y las yerbas. Echa gruesas boca-
nadas de humo sobre el agua...) —Migué trae sencia... lo agua bendita''...
Deraman en la palangana agua de Florida, —que consume tanto el negro y se
utiliza en tantos hechizos, limpiezas y baldeos— y un frasco pequeño que contiene el agua bendita de la que se surten en las iglesias.

Pastor, es decir, Má Francisca, se inclina sobre la palangana. Unos golpes
fuertes dados con la mano abierta, resuenan en el piso de madera. —¡Tu so
*Mare Agua... Kalunga baja*, tú só *Mare Agua*, dió santo bendito!'' (Una
retahila en voz baja mitad en castellano y mitad en lengua, que no puedo escribir.) ''Bautiza'' las medallas de oro, de ¡La Purísima, de Nuestra Señora
del Carmen! Y las señoras que se las llevan ''consagradas'' por el espíritu
congo, como talismanes... ¡para jugar al bridge y asegurar la suerte!

22 *La misa cantada.*—Los negros viejos, especialmente, —por lo menos en
la Habana—, aunque no sean practicantes, son muy aficionados a la Misa Cantada ($3.50, la tarifa ha subido a $4.00. La iglesia ha subido sus derechos),
de difuntos y a las tres misas del alma. ''La gente de nación gastaba mucho
en misas gregorianas, que costaban 6 centenes''. ''El muerto apetece mucho
la misa del cura''. Los muertos las exigían en ocasiones.

Vea el lector, como un difunto, obtuvo... ¡treinta misas gregorianas! La
procedencia de la historia no me merece mucha confianza. Al autor le oí contar
en cierta ocasión que siendo cocinero de un antiguo título habanero, perdió su
colocación, pues habiendo hecho de prisa un pastel de pollo, al ser servido en
la mesa y al partirlo el Marqués, —que tenía invitados aquel día— el pollo salió
vivo piando, aleteando y ''asustó'' mucho a las señoras que se hallaban presentes. Dos viejas que escuchaban conmigo la historia, se indignaron. ¡Eso es
mentira! —¡Mentira! ¡nunca digo una mentira en mi vida! Y la discusión se
avinagró al extremo de que tuve que contener la risa, hacerle a las viejas seña,
para que callaran y fingir, que yo al menos no dudaba del todo de su veracidad.
Pues bien, —cuenta éste mismo viejo—, y conociendo lo predispuesto que está
el negro a una sugestión autónoma, diré que ''si non é e vero e ben trovato...
sucedido a una ''comadre suya''.

Esta mujer vivía en un solar en el cual, se decía, ''habían aparecidos''. La
comadre era aficionada a hablar de los muertos y una noche que, urgida por
una necesidad personalísima e intraspasable, tuvo que ir al fondo del patio, oyó
una voz que le dijo así de regreso a su accesoria: —''A ver si me das algo''.
''Yo sí, te daré algo, si tu te comprometes también a darme algo'', contestó
la negra. —''Treinta misas de San Gregorio, porque estoy en pena! Dando y
dando, busca ahí debajo de esa losa floja lo prometido''.

La negra levantó la losa y halló real y medio y un poco de ceniza. No sin-
tiéndose obligada a pagarle al muerto las misas de San Gregorio, por su mal

practican entonces; en fin, el cumplimiento de lo que exija este *Eggun* "que se pone de pié en la supultura", puede apaciguándolo hacer cesar la enfermedad que el médico científicamente no podrá conjurar. Es que a los muertos hay que tenerles tan contentos y propicios como a los santos. Lo primero que hará el sacerdote al iniciar cualquier ceremonia es invocar su protección. Antes que a los *Orishas*, se rinde tributo a los muertos, a los antepasados.

En fin, se comprende que lo que no cura la ciencia del médico porque éste no sabe ver lo que se oculta detrás de una apariencia ("*Burundanga*, la gente del mundo, con *Mayombe* todo se sabe"), ni remedian sus "medicinas muertas", como dice mi viejo yerbero, lo cura un "santo" o un espíritu, o sea, el intermediario, el santero, (adivino, curandero), que obtiene que aquéllos la retiren, o que anonada con sus contra-brujerías, el *Indiambo* que la produce.

---

proceder, la negra, sin embargo, sufrió durante meses la persecución de aquella alma en pena... En cuanto salía al patio, en sueños, y por último a todas horas, escuchaba la voz congojosa del muerto que reclamaba: "¡Mi misa! ¡ay! ¡mi misa!"

A cambio de aquel real y medio, la negra trabajó durante años como... una negra, para costear hasta la última de aquellas misas gregorianas que el muerto le exigía sin cesar. "Yo la ayudé con un doblón" especifica mi amigo, "y todos los del cabildo la ayudaron como podían".

El lector, una vez hecha constancia de que fuente a veces tan dudosa procede este relato, queda en libertad de creer lo que mejor le parezca. Por mi parte me inclino a aceptarlo como posible pues... soy testigo de otras más inverosímiles. José no creía la apariciones de los muertos. No obstante, al morir la santera fué a su tendido en el cabildo. Santa Bárbara, porque ésta había sido madrina de pila de su mujer. Terminados los cantos, junto al féretro "se llama" a todos los *Orischas*, a *Ollá*, y al *Oricha* de la Santera Muerta. Es la hora de los ataques, al elevar el tono del canto los últimos, cuando salía el cadaver. Se llama ésta ceremonia "sacar los pies del cabildo". Y cuando arrojaban el agua... José vió a la muerta sentada en la caja.

"¡Abran!" ordenaban los maestros de ceremonia ¡Agua! (para refrescar el espíritu) "para que vaya fresco a la casa santa". Juan oyó entonces reir a la muerta, ahora parada en medio de la puerta del cabildo, con su pañuelo morado. Esta aparición tuvo muy felices consecuencias, porque José era aficionado a la bebida y tenía el genio un poco brusco, con lo cual ocasionaba algunos serios disgustos a su mujer. Pero a partir de aquel momento, bastaba con que ella con grito dramático lo amenazase con "hincarse de rodillas y llamar a su Madrina" para que José se convirtiera en una seda. Tenía terror de aquella Madrina muerta, que había visto con sus propios ojos, presenciando su entierro...

Otro informante mío "dejó el ejército, después de un recorrido nocturno por la provincia; vió tantos *échus* y muertos por los caminos", que no se sentía con valor de obedecer una orden que lo obligase a recorrer aquella experiencia.

Y punto, final, porque con estas experiencias, que revelan la esencia de las creencias primitivas de nuestros negros, de un fondo religioso que imprime un sello de terror en sus vidas, podría llenarse un grueso volumen...

No hay negro, pues, que para alguna práctica mágica o religiosa, para la salud del cuerpo y del alma, no tenga que acudir al monte, pero no piense el lector que con esta palabra "monte" o "manigua", rara vez se dice "bosque" en Cuba, se designe exclusivamente la extensión de tierra inculta y poblada de árboles, ni que el negro capitalino se vea siempre obligado a internarse en montes distantes y solitarios. En la ciudad se considera como tal "monte" todo terreno cubierto de matojos. Cualquier solar o placer, aun de poca extensión pero en el que la yerba crece silvestre, es lugar apropiado y propicio para depositar las ofrendas (*Ebbós*), las "rogaciones" comunes que se destinan en *Ocha* a los santos que no son de agua, es decir, los que personifican el río y el mar donde ellos habitan. como *Oshún* y *Yemayá* y a quienes generalmente se les lleva la comida a un arroyo, a una laguna, a un río o a la orilla del mar (*Olókún*, la vieja, la Madre de todas las *Yemayás*, debe recibirlas en alta mar). Así, muchas de las yerbas empleadas para "despojos", baños para atraer la buena suerte, sahumerios, baldeos purificadores de las casas, "limpiezas" y sencillos remedios caseros, sin necesidad de trasladarse a muy lejos, se hallan en estos solares yermos que no escasean en tantos barrios y en los suburbios de la Habana.

La yerba "*Quita-Dolor*" (Poleo), por ejemplo, que calma todos los dolores, crece silvestre; y entre las yerbas más comunes en cualquier placer se hallarán de sobra aquellas indispensables, de gran valor profiláctico, que protegen en purificaciones lustrales de las malas influencias que acechan y persiguen al negro a lo largo de toda la vida. He aquí, por ejemplo la excelente a la par que vulgarísima *Kimbansa*, o *Bebéke* (congo), *Déddé* (lucumi), o sea la llamada Pata de Galina blanca, una de las más "brujas", de las más eficaces que brotan de la tierra para los fines benéficos o maléficos de la magia.

Antes de comenzar sus artes el brujo o gangulero, lo primero que hace es asegurarse contra la posible irrupción de la policía que acaso enfadosamente venga a interrumpir sus operaciones, y "amarra", "encanga", "linga" con *kimbansa* al "*mundele*" (al hombre blanco), al Orden Público (*Gando o Dunda Tonga*), como siguen llamándole los viejos a la policía. Ante todo el brujo invoca la protección de los muertos y "amarra" las cuatro esquinas de su calle

(*Empambia-Sila*) [23]. Y así comienzan invariablemente los ritos de
Regla-Conga; el brujo, el Padre, secundado por su Mayordomo, da
tres chiflidos, pita, o golpea tres veces fuertemente con el puño
en el suelo ante la *Ganga* o *el Inkiso*, cubierto hasta con un género
blanco, negro o rojo, según la índole del trabajo que va a realizarse,
para llamar la atención del espíritu, *Diambo*, y de los múltiples espíritus subalternos de que es receptáculo la cazuela de barro o el
caldero de metal, y que prácticamente son los servidores del brujo,
de acuerdo con ciertas condiciones pactadas entre éste y el espíritu.

De otro modo, en regla de *Ocha*, se llama a los santos u *Orishas*.
El *Omó-Orisha*, hijo de santo, se vale para ello de campanas y
maracas. El Padre saluda a la *ganga*... He aquí un saludo recogido en un templo [24] "*Kimbisa*".

"Con licencia cuatro vientos
En *ganga Inkisa* Palo Monte
*Ensuso Mayimbe Ensúsúndamba*
Plaza Lirio Mamá *Kiyumba*
*Entoto* Cuatro vientos que yo *Ensala*
Con licencia quien vence Batalla
*Cunánbumbo*
Con licencia *Mariguanga*
*Mama Kéngue*
*Mama Chola Matuande Longo Fula-Butatoco*

23 *Para alejar la policía* (hoy la cosa ya no es necesaria) los antiguos
lucumís empleaban las siguientes substancias: excremento de carnero, de perro,
de gato, la yerba vergonzosa amansa-guapo, cascarilla de huevo. Todo esto,
tostado y molido, se cernía, y en polvo se introducía en un recipiente que se
colocaba al pié de la sopera que contenía a *Obatalá*. Los días de fiesta o en
otras ocasiones se soplaba en las cuatro esquinas, con partículas de manteca
de cacao.

También, escogiendo entre otras muchas fórmulas, soplaban en las esquinas
de la calle de la casa en que se celebraba algún rito de *Ocha*: Almagre, ceniza
y *Yefá* o sea el polvo muy fino que se hace con ñame seco y cascarilla y se
extiende sobre el tablero de adivinar, —con *Ikis*— del babalao. Este polvo,
que luego se "ruega", y se considera sagrado, "polvo bendito" sirve para *Ebbó*
y tiene muchas aplicaciones.

En las esquinas y en la puerta depositaban pescado ahumado, frutas y siete
frijoles negros.

24 *El templo.*—Templo se considera y así llaman los afiliados o "ahijados",
a la misma casa del brujo, del *Empambia Padre Ganga*. Una habitación de la
casa —el cuarto *ganga*— se destina a las "prendas" y en ella tienen lugar los
ritos de iniciación, sacrificios y hechicerías. Allí el brujo 'ensaranda", es decir,
opera, embruja.

LYDIA CABRERA

Con Licencia *Empaca Riri Empaca Engombe*
*Embele Ganga*
Macho *Sanganga* tronco va Ceiba
Con Licencia mi Padre, mi madre *Enganga*
*Lomiriana Enganga Empungum sucurúrú*
*Sambia bilongo"* [25]

Y empinando la botella de *Chamba* bebe un trago y, llenándose
la boca, rocía abundantemente a la *ganga*. (*Chamba* es aguardiente
con ajo, ají, pimienta y jengibre). Toma un puñado de la yerba
*Kimbanza*, y dos "ahijados" que han ido a recoger rastro de las
cuatro esquinas. (*Empolo-Entoto*) es decir, tierra de las esquinas,
la mezclan con un poco de la tierra sagrada que contiene la *ganga*,
depositada previamente en una jícara. Unas briznas de *Kimbanza*
con un poco de tierra se ponen en una hoja de maíz que enrolla y
tuerce lentamente el brujo, rezando y pidiendo el favor de los
*Fuiri* mientras los ahijados *Fambie* (hermanos del templo) cantan
monótonamente en coro:

"*Arrúrrú, cángala si la... como cángala;
cángala sila, arrúrrú como cángala sil;*"

Por último el brujo hace un nudo y cuando terminan los cuatro
*cangues,* esto es, los cuatro *macutos* (resguardos o talismanes) que
fabrica, y que contienen las cuatro hojas de maíz, las pisa él primero,
con el pié izquierdo, fuertemente; luego el mayordomo hace lo mismo, y tras ellos, todos los "ahijados" y asistentes.

Se colocan sobre una tabla y el brujo las regala espurreándolas
con *Chamba* y envolviéndolos en el humo de su tabaco (*Enfuto o
Sanga*). En la misma tabla, inmediatamente después, alinea tres
montoncitos de pólvora (*fula*) con el fin de obtener una respuesta
afirmativa o negativa de los Espíritus que se encargan de guardar
las esquinas impidiendo el paso de los intrusos peligrosos. Si la pól-

25 Saluda y pide la protección de su *Ganga*, del Espíritu: de los Espíritus
del Aura Tiñosa, (*Ensuso Mayimbe*); Lechuza, (*Susúndamba*); de Plaza Lirio,
(*el Cementerio*), es decir, de los Muertos. Lo que va a hacer, da por sentado,
se entiende que lo hace con el permiso que tácitamente le acuerdan *Mariguanga*,
*Mamá Kengue* (a nombre de una de las tres *Gangas* que en este templo *Kimbisa*
corresponde a Nuestra Señora de las Mercedes, (*Obatalá, de la regla Ocha*). De
*Mamán Chola*, su otra *Ganga*, (Nuestra Señora de la Caridad del Cobre).

vora "barre de una vez", si explotan las tres pequeñas pilas, se entiende que no hay nada que temer: las avenidas están bien tomadas... Los espíritus le darán su respuesta con un sí rotundo. De lo contrario es menester recomendar la operación en la que se ha descuidado algún elemento. Los dos ahijados que trajeron el *"Empolo pambia sila"* salen a arrojar un *"encangue"* en cada esquina. Pero tendrán buen cuidado de depositar el resguardo que contiene el polvo de la esquina Norte al Sur, el del Este al Oeste.

La Grama *Guandi, Indonso* (congo) *Tumayá* (lucumí), otra yerba perteneciente a la misma casta modestísima de la Pata de Gallina, que crece también en cualquier terreno con la misma obstinación de vivir, tiene para muchos ganguleros idénticas virtudes y aplicaciones.

*"Inbrama, ingrama Nené*
Vamo *canga mundele*
¡Barajo! *canga mundele*
No hay *mundele* que me *bondan*
No hay justicia que me *isa*
Si tiene *mensu* (ojo) no me mira
Si tiene *encuto* (oído) no me oye
Si tiene *lumbo* (mano) no me coge
Si tiene *malo* (pie) no me alcanza
Si tiene *masuru* (nariz) no me *camba* (huele)
*Mundele* que *buendakkiaco* (que huya)
*Ingrama* —grama— vamo a *mundele*
Medio *fuéte* (fuerte) no hay cambio
Sube *Ensulo* (cielo) cae *entoto* (tierra)
*Sulu* son mosquitero...
¡*Kariempemba* t'está perando!" (la muerte te espera)

La grama, yerba endiablada, es arma utilísima en manos del Kimbisero. Sin más complicaciones, basta para "amarrar" a quien quiera con inclinarse al suelo y pronunciando su nombre hacer en el tallo una lazada. El sujeto nombrado quedará allí virtualmente atado, preso de la grama. Es el mismo y sencillo principio de magia imitativa que también practican los supersticiosos civilizados cuando hacen un nudo en sus pañuelos para amarrar la suerte. Un viejo conocido mío empleaba este medio para impedir que su mujer fuese a buscarlo a la bodega mientras jugaba al dominó con los *"con-*

*guaco"* (camaradas) y bebía más *malafo* (aguardiente) de lo que a ella le convenía. "Pídale a la grama lo que usted quiera, niña, que ella siempre corresponde", me aconsejaba este viejo asegurándome que era *"vichichi"* brujísimo, del diablo. Un canto de palo así lo indica:

> "El pié yerba malo;
> con pié no pisa yerba malo,
> es grama ú é'pié engrama
> engrama yerba malo".

Para una brujería siempre, hasta de la piedra estéril, brota algún tallo verde; pero la fabricación de casas va reduciendo de modo alarmante estos terrenos baldíos, agrestes, que se reparten las divinidades naturales de nuestros negros, y hasta se suprimen los patios de las nuevas casas de vecindad, los patios pintorescos y populares, reservas de frescura de las casas, que antes se llenaban de plantas, de enredaderas, y en los que a veces también crecía un gran árbol que se llenaba de pájaros.

El difunto Miguel Adlai —el lucumí— poseía todas las yerbas de curandería, todas las yerbas de santo, en el largo y angosto, enteramente verdecido y oloroso patio de su solar de la transitada calle de San Rafael, que no tardará mucho en vonvertirse en uno de tantos e idénticos rasca-cielos carcelarios donde el inquilino paga, asfixiándose de calor y enloquecido de claustrofobia, su tributo al progreso.

Sin duda, el cemento que condena una superficie de tierra a muerte y a silencio, losa sepulcral de la vegetación, es el peor enemigo de las divinidades africanas... Se irán adaptando a todo; no hay que preocuparse, tienen la vida dura; sin embargo, quien tenga interés en estudiar estos cultos en un estado aún asombrosamente puro, no debe perder el tiempo.

*Babalaos, Iyálochas, Padres-Ganga, Madres-de-Palo,* aunque meten la "manigua" en sus casas, enclavadas en pleno corazón habanero, emigran de buena gana a los ensanches donde aún abundan los solares bien enyerbados y las casas con patios, a aquellas poblaciones como Marianao, Regla, Guanabacoa, al otro lado de la bahía, baluartes de la santería que el campo, el monte, aún penetra y abraza.

Privados de aire, de sol, de savia, del aliento y energía de la tierra, se debilitan, decaen *Orishas* de la esencia de *Elegguá, Oggún, Ochosi y Changó,* que necesitan el íntimo contacto de la tierra que los fortalece. No trabajan; se achantan, desvirtuadas, las *gangas* y los *macutos* de los Mayomberos.

*El Dueño de Eggüe.*

Para los adeptos de la regla-lucumí el Dueño de la Yerba es *Osain,* —San Antonio Abad— una de las muchas advocaciones de *Elegguá. Osain-Ochachá-Quereggüe.* Médico, botánico, el brujo de los *Orishas,* "ayuda de cámara" o "mayordomo" de *Changó,* el dios del trueno, del fuego, de la guerra e hijo de *Aggallú* —amo de la tierra y del río— (San Cristóbal) y de un *Obatalá* hembra, (la Virgen de las Mercedes). *Changó (Sebioso* en arará) es el santo que se conoce con más nombres. A su vez, es brujo de nativitate y yerbero por consiguiente. Fué *Changó* el verdadero dueño del tablero de adivinar de *Orula* u *Orúmbila.* Según una narración, *Changó* le dió a *Orula* el don de adivinar a cambio del donaire que, a pesar de ser un viejo, caracterizaba el baile de *Orula,* y despertaba una admiración que *Changó* con ser joven y muy hermoso no era capaz de provocar.

"Todos los santos son yerberos", pero el dueño incontestable del monte de *Eggüe,* es *Osain.* "*Osain Agguenille* vino de tierra yeza, y es *Eleddá* (espíritu protector) de todo el mundo..." Santo poderoso, no tiene sin embargo más que un pié, un brazo y un solo ojo: una oreja desproporcionadamente grande, con la que no oye absolutamente nada. La otra, muy chica, es, al contrario, tan sensible, que percibe los ruídos más distantes y menudos. Los dedos de su única mano están mutilados. *Osain* anda a saltos y cuando se manifestaba en las fiestas de santo (*bembés*) o en alguna circunstancia, como ocurre con *Agróniga* o *Sódlly* [26] —*Babaluayé*— (el gran santo de los ararás). "San Lázaro", me dice un devoto, "es hermano de *Changó;* lo despreciaron en tierra lucumí y *Changó* lo llevó a la tierra de los maginos, donde fué rey". Se manifiesta hablando gangoso, torcida la boca y brincando sobre su único pié.

---

26 *Tata Fúnde.*—Es uno de los nombres que se dá a San Lázaro en Regla Conga.

*Osain* suele aparecerse a los trasnochadores pasadas las doce, y les pide candela para encender su tabaco o su pipa [27]. Un amigo, mayordomo de un templo de la extendida Regla del Cristo del Buen Viaje, fundada el siglo pasado por un Padre *Inkisa* famoso en el país, el mulato Andrés Petit, que fundió el mas curioso sincretismo [28] las creencias y prácticas de magia africana con las doctrinas católicas y espíritas, aunque es un hombrón nada pusilánime en otros aspectos de la vida, jamás sale solo avanzada la noche: a este aprendiz de brujo, acostumbrado a saltar en la oscuridad las tapias del cemente-

---

[27] También *Oggún* se complace en asustar a los noctámbulos... y no se diga de *Elegguá*, con sus chiflidos penetrantes, que el negro teme al extremo de no silbar nunca a solas, por miedo a que *Elegguá* le responda... o "haga acto de presencia". No silbar de noche, no silbar largamente y en el interior de las casas, es un consejo que se renueva de padres a hijos.

"*Elegguá* es el dueño del chiflido", y chiflar es provocarlo, de cierto modo. Véase lo ocurrido a Clementina, una de las tantas mujeres de José de Calazán (alias El Moro). En los primeros tiempos de su unión, Clementina tenía el hábito peligroso de "silbar como un sinsonte"... "¡Oye! ¡No te acostumbres a chiflar, que eso es malo... y un día vas a pasar un mal rato!" —le advertía Calazán, pero Clementina no hacía caso u olvidaba la advertencia de su marido, "que conocía muy bien a los santos". En efecto, una noche en que silbaba su danzón preferido, *Elegguá* le dió al oído tres chiflidos tan agudos, que perdió el conocimiento... A esas horas hubo que correr a "*corubbó Elegguá*" (a buscar *Agguadó, Ataná-Eguté Obí-Ellá*) a "rogarle" al "santo" que "quería llevarse a Clementina". Claro está que Clementina, después de esta experiencia, no volvió a chiflar más nunca en su vida...

Es *Elegguá* quien silba en los parajes solitarios y en las casas vacías. Se le silba para darle de comer, para llamar su atención y "que se fije en lo que se le dá".

(A los demás *Orishas* se les llama con campanas, *Aggóggó* y con *acheré*, maracas.)

[28] Sirva de muestra esta oración, compuesta por un *Padre INKISA* de esta "Regla" para uno de sus ahijados:

"*Enkisi*, Santísimo Sacramento del Altar Mayor, Dios de la Naturaleza, tres personas distintas y una sola esencia, bajo licencia a mi Alta —madre—. Para que me des los Poderes Santos y bajo la institución del Santo Cristo del Buen Viaje, para elevar mi pensamiento desde *entuto* (tierra) hasta *ensururú* (cielo) y ser oído y atendido por mis Angeles Guardianes, *Mama Kéngue*, Santísima Virgen de las Mercedes y *Mariguanga*, Santa Candelaria, pidiéndote me des salud, ayudándome a mantener mi fé, fé con la que juré *Sambia*, juré *Ganga*, San Luis Beltrán, bajo Ceiba a la puerta del camposanto, juré *engüelle* y juré *Congo Kimbisa Batalla*, Santo Cristo del Buen Viaje, y pueda retirar y rechazar y dominar cualquier acción diabólica o cualquier mal pensamiento *Malembe* de vivo o de muerto, vistas malas, malas lenguas, tanto dolores de cuerpo y de alma desde la raíz de mis plantas hasta la corte celestial, en sueños o vigilia recibir la comunicación del *entanda* (lengua), para mi salvación en la Santísima Trinidad del Santo Cristo del Buen Viaje que ha vencido, vence y vencerá como venzo y venceré.

*Sambia, Sambia, Sambia,*
Santo Tomás, ver y creer."

rio, *Osain* en cierta ocasión, pidiéndole fuego para encender su tabaco, le hizo correr hasta perder el resuello... "Su vista era horrorosa". No hay negro que no tema encontrarse de noche a este personaje. Desde luego, la noche es del dominio de los espíritus de todas clases, pero hay tres horas peligrosas que conviene tenerse en cuenta: las doce del día, en que vagan un rato los espíritus, (*Elegguá* abandona la puerta, las casas quedan indefensas); las seis de la tarde, y las doce de la noche, —la peor de todas— en que ya transitan *Égun* y *Échus* con toda libertad. Son las horas de llevar los *Ebbós*, de echar las brujerías.

El que con ánimo de observar recorre los barrios pobres de la Habana habitados por los negros, advertirá que a estas horas siempre aparece alguien en las puertas de las casas, derramando un poco de agua *Omi* o *Lango*, para refrescar a estos seres misteriores.

No conozco un solo negro ni negra vieja que a estas horas descuide de arrojar un poco a la calle y que al acostarse no deje un recipiente lleno tras la puerta para las Animas, —para *Antonia Gervasia* —la incestuosa—, el *Anima Sola*, el *Échu Alonna* o *Aláguanna*. No debe faltarles el agua a los espíritus, buenos y malos, —muy especialmente a los malos—, si entran en las casas y tienen sed. "Los muertos sufren mucho de sed" y los hay desgraciados, errantes, peligrosos, maldispuestos, y cuya sed conviene apagar.

A menudo sorprendemos un hombre o una mujer que disimuladamente, si hay extraños blancos a la vista, (es el caso en el barrio negro de Pogolotti), llegará hasta una esquina y verterá el agua que lleva en una lata. Este regalo de frescura es para *Elegguá*, *Échu*, el *Elegguá-larroyo*, que habita las esquinas.

"Hay mucha pasa pasa de *Malongo*, de *Diambo* y de *Fuiri* en *Empambia-Silla*" [29].

También se les deja un poco de comida en las esquinas; y es costumbre recoger en una jícara o en una cazuela pequeña, un poco de las comidas y de todo lo que se ha saboreado durante el día, para llevarlo al *Échu*, al *Elegguá* de la esquina. Compartiendo con *Échu* el pan de cada día, nunca faltará el sustento en la casa. Personalmente he visto practicar este rito; la mujer que me explicó su sentido, —una *Iyálocha*— lo realiza todos los días. Se aparta un pedacito de cada alimento en el plato; cuando se termina de comer, se

---

29 ''Hay mucho tráfico de santos, muertos y duendes en las esquinas de las calles''; la frase es de un hijo de congo *ñogubá*.

56

LYDIA CABRERA

echa un poco del agua de la misma en que se ha bebido, antes de levantarse se dan tres golpes en la mesa, se lleva el plato al patio y en la raíz de cualquier mata se le ofrece a Échu *"Aquí tiene su comida de Échu"*. "No importan, me aseguró la santera, Échu lo consiente, pues los animales (había además un gato y un perro en la casa), son sus mensajeros".

Es esencial contentar a *Eleggua*: en toda ocasión dueño de las llaves, de los caminos, de las encrucijadas; portero, mensajero y guardián de las puertas de los dioses y de los mortales, aunque es el más pequeño —"un muchacho"— sin discusión es el más importante de todos los *Orishas*. Con él hay que contar para todo. Así, es el primero que recibe el sacrificio, es decir, el primero que come, el primero que se llama, el primero a quien se le toca tambor. Después de saludar e invocar a los muertos se saluda a *Eleggua*. Sin su permiso, es imposible hacer nada... Lo mismo contraría los planes de los santos que los de los hombres. Hijo mimado de *Olofi*, —el Creador— a quien salva la vida según varias narraciones, éste le proclama agradecido, *"El más pequeño y el más grande del cielo y de la tierra"*.

*Olofi* o *Babaddé*, es el Ser Supremo: una santera en el interior de la Isla, me lo define textualmente: "El que es más que Dios". Y otro viejo informante, "El que lo manda todo, lo más grande que hay... pero que está muy lejos... tan lejos que no se entiende de nada, ni uno lo entiende de tan grande que es".

*Olofi, Oloru, Obbá-Oloru... Sambi*: concepto de un dios supremo "en el que ya nadie piensa", ser misterioso, vago, inconcebible... y ajeno enteramente a cuanto sucede en la tierra: retengo estas definiciones recogidas de labios de los viejos y algunas de una centenaria en un ingenio de la provincia de Matanzas: "el que no se mete en ná". "Dios, pero no trabaja... Vive retirado. No pide nada. No baja al mundo". "El más grande, pero al que no se llega". "Todo lo hizo *Olofi*. Todo es de *Olofi*. Hizo el mundo, hizo los santos y los hombres, los animales... y luego les dijo: —"Ahora arréglenselas ustedes como puedan... y se fué".

Poder impersonal vago, indefinible, en el que apenas se piensa "porque no se puede" y que obliga a tan poco, pues "no pide nada". Dios supremo, concepto más cosmogónico que religioso, *Olofi*

Padre Eterno [30]. El "Todopoderoso del cielo lucumí", me explica
otra anciana, que no recibe culto, "que no come", ya que "no interviene en las cosas de la tierra de alto y lejos que está". Aparece a
través de la mitología que conservan los descendientes de los esclavos yoruba que vinieron a Cuba, como un patriarca: es el padre,
el "taita" de los *Orishas*, ocupado en sus tierras, en sus siembras
y en sus asuntos de familia. *Olofi* y su familia, como Zeus y la suya,
—es éste un politeísmo que recuerda curiosamente al griego— aunque omnipotentes e inmortales, no se diferencian nada de los hombres. Si *Elegguá* obtiene de él privilegios (el de comer primero que
nadie, de negarse o de consentir que se realicen las cosas más importantes, de abrir o cerrar los caminos a su antojo) se debe a que
en una ocasión le salvó la vida a Dios. *Olofi*, el creador, enfermó
de gravedad y estuvo a punto de perecer si el pequeño *Elegguá* no
lo sana con una yerba. *Olofi* padecía de un mal que, agudizándose
por días, hacía tiempo que le impedía trabajar... Todos los santos
habían intentado aliviarlo pero sus remedios no habían logrado
ningún resultado. El Padre de los *Orishas* ya no podía levantarse,
en extremo débil y adolorido.

---

[30] No olvidemos que en toda el Africa Occidental hubo desde muy temprano influencia musulmana (desde el siglo XVI en el Sudan), influencia cristiana (en Guinea) desde el XV, y sucesivamente la que ejercieran portugueses,
holandeses, franceses, ingleses, propagándose e infiltrándose en las tribus más
alejadas. Ya sabían los negros que llegaron a Cuba de este dios único. Así esta
idea de un Ser Supremo de que nos hablan algunos viejos que prácticamente no
han tenido sino un contacto muy superficial e indirecto, —o ningún contacto,
aunque parezca exagerado decirlo, sobre todo con la Iglesia:
enteramente analfabetos, (por eso son los más interesantes en interrogar) y
que confiesan no saber "si no lo que le enseñaron sus mayores", gentes de
nación, debe ser la misma que aquellos antepasados suyos yá contaminados por
los europeos se hacían en Africa del Padre Eterno, de un Ser Omnipotente, creador del Cielo y de la Tierra... a quien se respeta", pero que no se mete en
nada, aunque está por encima de todo".

*Olofi y Sambian.*—Escribe Delafosse: "la plupart des négres africains croient
a l'existence d'un Dieu Createur, mais c'est de leur part une conception d'ordre
philosophique plutôt qu'un concept religieux. En tout cas ce dieu createur ne
joue a leurs yeux le rôle de Providence et si l'on invoque parfois son nom en
formulant des souhaits on ne lui rends nulle part aucun culte (lo mismo que
aquí) "Il n'est pas sûr du reste, que la coutume consistant a invoquer le nom
de Dieu ne soit point une importation plus ou moins directe des certains regions
de l'islamisme ou dans certains regions du christianisme" (la del golfo de Guinea, de donde sale para América la mayor cargazón de ébano que importa el
comercio negrero).

*Olofi* en regla *Ocha* es el Padre Eterno; *Obatalá*, se identifica con Jesús.
Advocaciones de Jesús son los *Obatalás* varones; y de la Virgen Purísima
*(Yémmu)* los *Obatalás* hembras.

*Elegguá* era un niño, sigue siéndolo, ya lo hemos dicho, y de los más revoltosos e inconvenientes en muchas de sus manifestaciones. *Beleke* (el Niño de Atocha) era tan maldito que en el siglo pasado no se le daba cabida en los cabildos, y *Mako* (el que tiene en los brazos el *Elegguá* adulto, San Antonio de Padua), que sólo acepta comidas robadas. A pesar de sus pocos años *Elegguá* le pidió a su Madre que lo llevara a casa del viejo *Olofi*, asegurándole que lo curaría...

La madre de *Elegguá*, *Ollá*, según unos, que los Mayomberos llaman *Centellandóqui*, *Mariguanga*, la dueña del relámpago, del cementerio, del remolino, de los vientos en sociedad con *Orula* o San Francisco, el mismo taita *Pancho Kimbunga*, el padre viento por "camino congo") es Nuestra Señora de la Candelaria. Santa de las llamadas guerreras —*Ollá-obini-dóddo*— varonil, voluntariosa y más brava que el propio *Changó* su marido, quien cuenta con ella en todas sus empresas, fué antes mujer del dios del hierro, *Oggún*. Si la madre no creyó lo que el chiquillo afirmaba con el mayor aplomo, consintió en llevarlo junto a *Olofi*, sin hacerse de rogar. Buena oportunidad para librarse del niño unas horas e ir a encontrarse con su amante *Changó*.

El pequeño escogió unas yerbas y se las administró al enfermo, que sanó rápidamente. Agradecido, *Olofi* reconoció a *Elegguá*, el benjamín de su prole "como aquél de quien no puede prescindirse porque de su intervención depende la suerte de las criaturas". En efecto, *Elegguá* influye favorablemente o todo lo contrario; propicio, puede modificar un mal destino... "Está de Dios que a usted lo van a apuñalear a traición al doblar de una esquina. *Elegguá* se las arregla de modo, si quiere protegerlo a usted, y por eso hay que mimarlo tanto, que el asesino, en el momento de levantar el cuchillo para clavárselo en la espalda, sea visto por algún policía dé un tropezón y se caiga o se arrepienta".

Desde aquel día *Olofi* no sólo toleró sino que acató con una complacencia ilimitada todas las picardías del revoltoso *Elegguá*, que en la leyenda lucumí ocupan un espacio tan considerable.

Porque sus travesuras pueden resultar terriblemente malévolas, los negros llaman *Éshú* [31] (*Elegguá*) al diablo, en un sentido católi-

---

31 *Echu*, catolizado como San Bartolomé. ''El diablo del 24 de agosto''. ''Mire si es verdad, que en la estampa está el diablo en tiniebla con dos puñales, cazando su presa''.

co, pero inexacto. Diablos serían entonces todos los *Orishas* y Espíritus, pues todos indistintamente son tan benéficos como maléficos.

Naturalmente todos los *Orishas* han recibido de *Olofi* su "*aché*". Una vez su inmensa obra terminada, el Padre Eterno antes de... "jubilarse", repartió el universo entre sus hijos y cada uno recibió de sus manos o se adjudicó por algún mérito lo que hoy le pertenece. *Osain* recibió el secreto de *Eggüe*. El conocimiento de las yerbas le pertenecía exclusivamente, hasta el día en que *Changó*, quejándose a *Ollá* de que sólo *Osain* sabía y que los demás *Orishas* estaban en el mundo sin poseer una sola planta, ésta abrió sus faldas, las agitó impetuosamente como las olas de un mar enfurecido y comenzó a soplar un viento fortísimo. *Osain* guardaba a *Eggüe* en un güiro que colgaba de un árbol y al ver que el viento lo había desprendido y roto, y que las yerbas se dispersaban, cantó: "*Eéeggüero —eéeggüero — saüe —éreo*" y dejó que todos los *Orishas* las tomaran. Estos les dieron nombres y cada cual traspasó sus virtudes a aquéllas que se apropiaba. *Osain* es el dueño de la Yerba, pero cada santo en el monte que guarda *Osain*, desde entonces, a su vez, posee las suyas

Se le considera adivino: es el curandero o brujo que indica la yerba que ha de deshacer un maleficio, la que "saca brujo" o la que embruja; y la que sana a un enfermo. Se llama *Osain* el "chismoso de la casa del brujo" porque todo lo sabe: descubre lo que se oculta y se lo comunica al brujo.

"*Osain* está metido dentro de un güiro". Este güiro, que también recibe el nombre de *Osain*, tiene la propiedad de "hablarle" al brujo y de advertirle de antemano, cuando alguien aún no se ha presentado a "registrarse", a qué viene; qué asunto lleva a este individuo a tocar a su puerta pidiendo ayuda. "Ese güiro tiene lengua: yo lo he oído y habla como cristiano".

Para muchos viejos, "*Osain*" se llamaba la brujería que *Elegguá* guardaba en tres güiros y que "hablaba", predecía tanto como *Diloggún* (los caracoles) o la cadena de *Orula* (*Ifá*). La jicotea (*Adyákua*) esclavo de *Elegguá* era un hombre a la sazón, y cuidaba de estos tres güiros prodigiosos. Era su "guardiero". Pero aconteció que, abandonando un día su puesto, se introdujo con ánimo de traicionar a *Elegguá* en una junta que celebraban los santos. Todos ignoraban el "tratado", el misterio que encerraban los tres güiros de *Elegguá*. *Olofi* maldijo al miserable que vendía a su amo divulgando su secreto, y los *Orishas* en *Oru* lo echaron a puntapiés. Esto explica por qué, en la confección de un *Osain,* la Jicotea es fundamental.

El santo lucumí *Osain* (que vive en un güiro) es brujo. Se prepara como una *Ganga* e intervienen en su constitución los mismos ingredientes: "Muerto" (huesos humanos), palos, animales y tierras.

*Cómo se prepara una Ganga.*

"De Angola nos viene a los criollos la picardia de apoderarnos de un difunto para que sea nuestro socio". (J. Baró, 83 años). "El Muerto que cierra un pacto con un vivo hace todo lo que éste le manda". "El Muerto es *Ganga*".

Para construir una *Ganga* —ésta puede ser hereditaria o adquirirse del "padrino" mediante un aprendizaje de varios años y de tres iniciaciones: a la tercera, el individuo será consagrado "*Padre Ganga*"— lo más importante, pues, es adueñarse del espíritu de un muerto.

Veamos cómo el citado Baró, dueño de la *Ganga Palo-Monte-Campo-Santo-Siete-Campanas-Vira-Mundo,* nos relata esta operación que debe llevarse a cabo en Luna Nueva, —cuando también de once a doce de la noche se da de comer a las *gangas:* a *"Luna Nueva", "Tumbirona", "Má-Viviana", "Caballande", "Centella", "Viva Mundo", "Trongo Malo", "Maria Mundo", "Lucerito", "Maria Tengue",* etc., etc

El Mayombero se adueña del espíritu de un muerto... adueñándose de sus huesos: el alma queda siempre apegada al cuerpo todo el tiempo que sus restos subsistan; en éstos, sobre todo en el cráneo —en la *Kiyumba*— está la sustancia espiritual del difunto: "la inteligencia". "Si se posee el dedo de un muerto, cualquier pedazo de su esqueleto, su alma vendrá a ese fragmento" que representa la totalidad del cuerpo. Irá, pues, al cementerio y regando aguardiente en cruz sobre la sepultura se llevará la cabeza (*Kiyumba*)' "si tiene seso fresco, todavía mejor": la *Kiyumba*, "cerebro donde *Funbi* piensa cosas", los dedos de las manos, de los piés, costillas, canillas... para que corra". Envueltos estos restos en un paño negro se marchará a su casa a "hacer el trato con el muerto". Allí, asistido por su Mayordomo, (un ahijado) que lo cubre con una sábana, el gangulero entre cuatro valas encendidas se tiende en el suelo junto a los huesos e invoca al espíritu y le habla... Se trata de preguntarle si acepta quedarse con él; el Espíritu responderá por medio de la pólvora, como de ordinario. Sobre la espalda del gangulero el Mayordomo, al efecto, coloca un machete y en la hoja del machete siete montoncitos de pólvora. Si las siete pilas de pólvora (fúla) explotan a la vez, el muerto acepta el pacto: está de acuerdo con todo lo que el gangulero le propone. "Acepta, queda a su servicio".

Estos tratos no deben de hacerse más que con un solo muerto... Ni debe llevarse tierra de otras sepulturas; ésto da lugar a futuras confusiones. "¡Si hay varios muertos en el Caldero, cuando uno quiere trabajar el otro no quiere, discuten, no se entienden, se arman líos!"

El brujo escribe en un papel el nombre y el apellido del muerto y con una moneda lo coloca en el fondo del caldero o cazuela; echa la tierra de la sepultura y deposita los huesos del muerto con que ha pactado. Con un cuchillo de cabo blanco, o una navaja, se hace una incisión en el brazo y le da la sangre que brota de la cortada, "para que beba". (Pero ésto es peligroso: el muerto puede aficionarse a la sangre humana y puede también no conformarse con la sangre, a pequeñas dosis, de su dueño. Las Gangas Judías, piden "menga" (sangre) de cristiano, y hay que dársela. He ahí el gran peligro de estas gangas... Aunque el gangulero judío las castiga cuantas veces es menester: cuando no obedecen siempre, las azota, las vuelve de revés, las maldice y aún les prende fuego con alcohol; las escupe e injuria: a estas gangas, en vez de incienso (Ensambia-Empolo), se les quema azufre "que es el incienso de "Lungunbé" (el diablo) y como sólo el diablo trabaja en las gangas judías, los "trabajos" de esta rama Mayombe "se hacen en Viernes Santos, "cuando Dios está muerto y el Diablo vivo".

Lo prudente y lo usual, pues, es matarle un gallo: el corazón se le arranca y se parte en tres pedazos: uno que comerá el Espíritu, otro el Mayordomo y otro el dueño de la Ganga. "Y en lo adelante serán tres en uno".

En fin, juntos los restos con los Palos de Monte, (tronco y raíces) y los animales, a quienes regalará obligatoriamente con sacrificios, aguardiente, ginebra y humo de tabaco, la "Ganga" será la esclava del brujo, lo servirá en todos sus empeños, pero el brujo, en cambio, se deberá por entero a su Ganga y "tiene que andar

. muy derecho". Las *Gangas* son exigentes, traicioneras y vengati-
vas... Una *Ganga* enfurecida, como hemos visto, destruye a su
dueño. El viejo Sandoval, que era lucumí, con "medio santo lavado"
(ceremonia previa al *asiento*, es decir a la iniciación en *Ocha*), tenía
también su *Inkiso* y explicando su preparación, —"Vaya al cementerio" —decía— "coja cabeza y huesos de un difunto, que haya sido
malvado, póngale un tabaco, rocíe la tumba con aguardiente. Pro-
póngale el negocio... Si el espíritu quiere arreglarse con usted,
la tierra se quiebra. Llévese entonces los huesos. Una vez en su casa,
no es raro que el muerto se le presente y le hable. Entonces, sin
miedo, haga usted el contrato, ¡déle la mano!"

"El brujo riega el aguardiente en cruz sobre la sepultura. Cuando
se lleva los huesos, la *Kiyumba*, brazos y piernas, toma un puñado
de tierra de la parte en que descansaban cada uno de estos
miembros".

Otro viejo que vivió en el campo casi toda su vida, me cuenta
como construyó su *Boumba*. *Boumba* es el "santo" que se guarda
en un pañuelo blanco de seda de Rusia que se compra en la bodega.
("Si el espíritu está en pañuelo —me dice otro informante con quien
confronto este dato— se llama *Boumba*. Si está en caldero, *Billumba*,
y si está en cazuela de barro.. es *Vititi Tiembra-Tierra*".

El pañuelo para *Boumba* se marca con yeso; se traza una cruz
en el centro, y en cada esquina. El brujo, que tiene ya escogidos todos los palos necesarios del monte( pedacitos de troncos) para
montar su "prenda", los coloca en medio del pañuelo, y echa encima
tierra de supultura y de cada esquina del cementerio. El cráneo y
los huesos de un muerto que escogió por su maldad, (las *Kiyumbas*
de los locos y de los chinos, —para hacer daño— tienen fama de
ser las más terribles de todas) y que previamente estuvieron tres
días a sol y a sereno; patas, cabeza y corazón de gato, perro, rata,
jutía, chivo; pájaros; lechuza, aura tiñosa, murciélago, tojosa, carpintero, crequeté, pitirre, toco-loro, etc.; majá, jubo, sapos, lagartos,
arañas peludas, manca-perros, alacranes, macaos, cien-piés. Insectos:
caballito del diablo, mosca verde, avispa, comején, bibijaguas... etc...

Para probarla, después, se la entierra bajo una· mata frondosa,
advirtiéndole: "cuando venga a buscarle dentro de tantos días, que
no encuentre una sola hoja!" El dueño de la *Boumba*, cumplido el
plazo, deberá hallar la planta enteramente desnuda de follaje. La
*Boumba* lo habrá obedecido, secando todas las hojas. Se puede exi-

girle que demuestre su poder de varias maneras. Por ejemplo: se le arranca una crin a un caballo —"Que a *Kombo* (el caballo)", se le ordena, "hoy sano y entero, se le parta una pata". El animal, que corre saludable en el potrero, se cae, y en efecto, se inutiliza, al partirse una pata. Con el pelo de un perro, si no se quiere sacrificar a un caballo, se hace la misma prueba... —"¡Qué rabie este perro!" El perro muere rabioso. Entonces convencido de que "el santo trabaja bien", se le desentierra y se lleva a la casa.

Las *Gangas* se enseñan a trabajar enterrándolas en un bibijagüero. Nuestros negros le atribuyen a estas dañinas, laboriosas e infatigables hormigas, inteligencia y sabiduría sobrenaturales "La bibijagua no reposa nunca, no duerme, de la noche hace día; a todas horas trajina. Para ella no hay domingo ni día de fiesta". Con la industriosa bibijagua, la *Ganga* se incorpora su extraordinaria capacidad de trabajo y sus cualidades. Aprenderá a maquinar, a construir y a... demoler. En la *Ganga* no puede faltar un Jefe, una gran Bibijagua que tiene conocimientos y relaciones misteriosas y "sabe todo lo que sucede debajo de la tierra". En fin, todas las *Gangas* o *Inkisos* se preparan con muerto: (huesos humanos), tierra, árboles ("palos" y raíces) y animales. "El poder del congo", —nos dice un *Empangui*, (como si dijésemos el sacerdote más viejo del "templo")— "está basado en las virtudes de los Palos del Monte, de los muertos y de los animales, es decir: espíritu de "cristiano" (hombre), espíritus de árboles y de animales. Trabajan en los cementerios, en las esquinas° en las lomas, en los ríos, en el mar y en la manigua; en la manigua, que es la residencia de todos los espíritus". ("El mundo está lleno de espíritus", añade).

El espíritu del muerto manda a los espíritus de los Palos y de los animales. La reunión de todas estas fuerzas que actúan cumpliendo las órdenes del brujo, "y que irán donde él los mande", ("Yo só qui manda... A la fin del mundo yo ti manda!") ligeros como el pensamiento e invisibles, ("por aquí pasó, aquí gimió mi padre *Inkiso* y nadie lo vió") es lo que se entiende por *Ganga*. Alma de un difunto, espíritu benéfico o malhechor, haciendo indistintamente el bien o el mal, a servicio de quien sabe y tiene poder mágico.

El espíritu del muerto manda a los espíritus de los palos y aquél clavará oportunamente su aguijón ponzoñoso cuando el gangulero lo necesite; de *Yayimbe* (el aura tiñosa) le servirá su vista prodigiosa, la excepcional resistencia de sus alas; el perro (la *Kiyumba* y huesos de las cuatro patas) olfateará, seguirá un rastro, perseguirá, hará buen uso de sus colmillos... Todos estos animales, por las condiciones que les caracterizan, son las "cuadrillas", los obreros, "esclavos" ("a veces se reviran") que secundan al espíritu en sus obras. "El Gangulero, el amo, al muerto; el muerto, que es mayoral, manda a los árboles y a los animales... que son la dotación".

*Cómo se prepara un Osain.*

Mi viejo informante, *Osainista*, preparó su güiro de la siguiente manera: la cabeza, el corazón y las cuatro patas de la Jicotea; loro, tojosa, *Zónguila* (una birijita). Se pone a secar el cuerpo de estos animales, se tuestan y se les reduce a polvo. Este polvo se echa dentro del güiro con una yerba *"Amansa-Guapo,* —no palo, sino bejuco—, entiéndase bien. Se introduce también otro bejuco muy mágico, llamado *Wakibán,* y el *Bejuco-Sapo.* La lengua y los ojos siempre vigilantes de un gallo, "los ojos de *Akikó* siempre están mirando", y siete u ocho dientes y colmillos humanos, para que hable: es decir, un *Cuatro-Vientos,* una quijada como la llama el Mayombero, que se ha tomado de una sepultura, con el pelo del muerto y tierra de la sepultura, obteniendo su adhesión en la forma descrita anteriormente. El nombre del difunto se escribirá en un papel y se pondrá dentro del güiro con siete medios antiguos que representan su pago. Una bibijagua viva, que se alecciona antes de que se torne roja, y que se mete en el güiro con tres semillas de mate envueltas en las plumas de los pájaros. Antes de taparse el *Osain* se le vierte media botella de aguardiente. Luego se entierra durante veinte y un días debajo de una ceiba, para que se le incorpore su fortaleza y sus poderes ocultos, o bien en un hormiguero. Si es un *Osain* "para bueno", un *"Osain* cristiano" se entierra en jueves, viernes o sábado. Si es "judío", para hacer daño exclusivamente, en lunes, martes o miércoles.

Este informante insiste, —como casi todos— en que su *Osain* hablaba... Desgraciadamente enmudeció después de la muerte del Mayombero que lo había preparado. "No quiso volver a decir ni pío más nunca". Todo fué inútil: otros mayomberos no pudieron arreglarlo y él optó por desbaratarlo.

Las prendas se desvirtúan... Las abandona el *Füiri,* se va el espíritu cuando no comen o el que las posee no las atiende.

Conocí un *babalao* que se jactaba de saber por su *Osain*, que le hablaba largamente con voz gangosa, todo lo que ocurría en los alrededores. Por mi parte nunca tuve la suerte de oirlo... "Ese güirito que hablaba iba también volando a todas partes". *Güiros de vida* se llaman también los amuletos que se preparan dentro de estos frutos.

—"No sé ei hay todavía algún *Osain* que hable y que cante como aquéllos que hacían los lucumís", me dice un viejo tristemente. "*Osain* era gran secreto lucumí y nuestros mayores se lo llevaron a la tumba".

A las mujeres les está vedado *Osain* porque exige una castidad absoluta. Sólo las viejas que han pasado de la menopausia, las que no fornican, pueden tenerlo. Una "guía" de *Osain*, es decir, un resguardo, un *Osain* incompleto. Se entiende que es un santo demasiado fuerte para ellas.

*Osain* no visita las cabezas. El que lo prepara ha de ser un hijo de *Changó* o de *Oshún* y el *Osainista*, que puede no estar "asentado", generalmente es hijo de *Obara*, de *Ogunda*, de *Obara-Odi*, de *Odi*, de *Obara-Osa*, de *Osa-Obara*, de *Ogunda-Bara*.

*El tributo que se rinde al dueño del monte.*

El negro, que todo lo humaniza, a los espíritus y a los "santos", las concibe ni más ni menos que a su imagen y semejanza. Son el reflejo de su propia conciencia; lo que experimenta en sí mismo, lo supone en todos los seres y cosas que lo rodean. Lo que al negro complace, igual satisfacción procura a estos espíritus que en todo, excepto la fuerza y la importalidad, reproducen fielmente el tipo humano. Un tabaco, un trago de aguardiente, (es decir, el *Malafo Mamputo* o el *Otí* a que es tan aficionado) y unas monedas, son el pago, la ofrenda obligatoria, la más grata a ésta encarnación del Monte, que es el dios *Osain*. Y en general a todos los espíritus y santos del temple de *Osain*.

—"Cuando usted va a casa de alguien... ¿no saluda al dueño de la casa?" Lo primero que debe hacerse al entrar en un monte, o en un simple matorral, es saludar a *Osain*, que es el dueño del monte y de todas las yerbas de este mundo. Se le saluda respetuosamente. Se le dan los buenos días en alta voz, se pide su permiso, se le explican los motivos de aquella visita y se deposita junto al árbol

—que representa la totalidad de los árboles— un real y medio. "Sin pagar no se lleva usted ni una brizna". Se derrama aguardiente, y se le deja un tabaco encendido. Cumplido este requisito, pagado el derecho que se debe a *Osain*, y enterado éste de los propósitos del que va a buscar *Eggüe* o Palo puede tomar todas las plantas que necesite.

El gangulero que va el Viernes Santo o el día de San Juan a un monte firme a cortar los Palos que necesita para montar su *Ganga*, o para realizar alguna "obra", añade a veces un pollo a este tributo y enciende una vela. Llegará al monte antes de que salga el sol y mientras saluda ofrece el aguardiente, el humo del tabaco, etc., canta como este viejo mayombero que me permite anotar su rezo:

> "*Casimba yeré*
> *Casimbangó*
> Yo salí de mi casa
> *Casimbangó*
> Yo salí de mi tierra
> Yo vengo a bucá...
> Dame sombra Ceibita, Ceiba
> Dá yo sombra
> Dame sombra palo Cuaba
> Dame sombra palo Yuba
> Dame sombra palo Caja
> Dame sombra palo Jía
> Dame sombra palo Tengue
> Dame sombra palo Grayúa
> Dame sombra palo Wakibango,
> Dame sombra palo Caballero..." etc .

Cuando no es posible abonar en metálico el pago al Dueño del Monte, se sustituye el dinero por granos de maíz. Antaño, dicen los viejos, (*Agguadó* o *Masongo*) el maíz hacía las veces de dinero cuando no se podía pagar un derecho. ¿Qué iba usted a consultar al Mayombero, al *Babalao* o a la *Mamálocha*, y estaba usted atrasado, en la inopia; pues éstos ponían los tres granitos de maíz al pie del "santo", en vez del peso cinco que cuesta el registro. ¿Qué había que hacerle a usted *Ebbó*? Pues el santero para esos casos tenía en reserva cabezas y plumas de aves que equivalían a las que el interesado no hubiera podido costear en aquellos momentos. El *Ebbó*, tenía por objeto, "abrirle el camino", sacarlo de penas: más tarde, pues el individuo le pagaba el santo, y con creces, lo que le debía. Actualmente no se hace nada de ésto... "La santería es un atraco. Todo está perdido. No hay corazón".

Es que la ética del santo depende de la ética de su hijo. Santo y santero tienen la misma moral, siempre circunstancial, y ésta refleja sencillamente el concepto natural de la vida, que en general se conserva en el que la idea del bien y del mal no están muy lejos de ser una misma cosa. El hombre y el espíritu, esencialmente no son ni buenos ni malos, ni morales ni inmorales; es una mezcla de lo uno y de lo otro: su generosidad o su mezquindad, su probidad o su venialidad dependen, absolutamente, de las circunstancias.

No se arrancará un gajo, una planta, sin depositar aunque sea un centavo, o los tres granos simbólicos. Como aquí no es el santero quien recoge el dinero, esta forma de pago es muy corriente, y no es raro que la malicia del negro burle a la divinidad. Aunque de no pagarle a *Osain*, pues cada planta tiene también su dueño invisible, se incurre en una falta que podría deplorarse seriamente. "Todas tienen sus misterios y sus manías", y esa susceptibilidad, común a todo lo que para el negro se reviste de un carácter sobrenatural. El *Osainista* o yerbero tiene que aprender a conocer las particularidades de las plantas, y de los *"muninfüise"*, de todos los bichos. Hay unas más susceptibles, más "puntillosas", más difíciles que otras. El *Don Chaicho*, por ejemplo, si no se le saluda cortésmente, hinca. A otras hay que decirles una oración y abonarles hasta real y medio. El *Palo Tocino*, cuando se le aproxima, se agita extrañamente, "refufuña", provocando crisis de miedo. Si se inclinan hacia adelante las ramas del *Palo Tocino*, no debe moverse aquél que va a buscarla. Lo abraza el árbol. Cuando afloja, es necesario huir... Otras plantas no deben mentarse. Escapan, se escabullen, "se van corriendo", se vuelven invisibles.

Un yerbero se me quejaba de una indiscreción cometida que le valió volver del campo con las manos vacías. Le dijo a su mujer que iba a recoger una yerba de *Changó* llamada *Varía*. Sabía donde abundaba... pero no pudo ver ninguna. Al fin, aburrido de buscarla, a punto de marcharse arrancó algunas, pero de regreso, se dió cuenta que "la yerba lo había engañado" pues no era la *Varía* que necesitaba.

El *Palo Guachinango*, llamado así por lo engañador, y la *Cuaba*, (dos palos excelentes para resguardos) hay que engatuzarlos, apoderarse de ellos casi por sorpresa, y después de muchas contemplaciones y chiqueos. Y desde luego, no hay que nombrarlos de antemano. Ni la más leve alusión...

El *Palo Jurubana*, precioso por sus poderes, "que parece un cuerpo humano", es muy asustadizo: el brujo tiene que ganárselo a fuerza de mimos... Con él se obtiene lo que se quiera. O bien una mujer rechaza el amor de un hombre. Encomendarse, solicitar el auxilio de *Jurubana*, —"los siete vicios"— y se vencerá toda resistencia. De la persona que antes se negó rotundamente a conceder lo que se le pedía, se obtendrá espontáneamente, sin repetir la demanda, mucho más de lo que antes se deseaba. La mujer sentirá por el enamorado, hasta entonces desdeñado, la pasión más violenta e inesperada.

El *Bejuco Madrina*, —*Vichichi*—, es temible si se pisa distraídamente. Cautiva, extravía dentro del monte, impide que el yerbero encuentre fácilmente la salida, reteniéndole durante horas en un insospechado laberinto. No hay *palero* que no haya sido alguna vez víctima de este pícaro bejuco, o de alguna otra planta burlona o mal intencionada.

## Palo-Monte.

Llámaseles también corrientemente *palos de Mayombe*, a los troncos y raíces de árboles y arbustos, cuyos poderes el Mayombero o brujo emplea en sus operaciones de magia blanca o negra. (Protección, resguardos talismanes, contra influencias nocivas o brujerías; aplicación de estas fuerzas en bien propio o ajeno; y en caso contrario para "dañar", ocasionando la desgracia, la enfermedad o el aniquilamiento de una persona odiada. Remedios: baños, sahumerios, tisanas, "preparos", como lo llaman nuestros guajiros a estos brebajes y cocimientos).

La fuerza mística, el poder mágico latente en el "Palo" o en la planta, indistintamente utilizable para causar un bien o un mal, obedecerá a la palabra, a la voluntad del brujo que dirige su acción hacia uno u otro fin.

Veamos cuales son los Palos que contiene la *Ganga* y sirven al brujo en sus operaciones:

CEIBA: Ceiba pentandra (Lin.), Gaertn. Arbol silvestre de la familia de las Bobacáceas.

PALMA REAL: Roystonea Regia. (H.B.K.) O.F. Cook.

QUIEBRA HACHA: Copaifera hymenaefolis, Moric. Silvestre de la familia de las Cesalpináceas.

DAGAME: Calycophyllum candidissimum, D.C. Arbol silvestre de las Rubiáceas.

YAYA CIMARRONA: Mouriri acuta, Gris. Silvestre de la familia de las Malastomatáceas.

MORURO: Leguminoso silvestre de la familia de las Acacias.

PALO RAMON: Trophis racemosa (L.), Urb. Silvestre de la familia de las Moráceas.

PALO CAJA: Especie silvestre de Sapindáceo.

JUCARO: Bucida Buceras, (Lin.).

CORDOBAN: Familia de la Melostomatáceas.

'CIGUARAYA: Trichilia glabra, Linc. (Trichilia havanensis, Jacq.)

PALO COCUYO: De color parecido al de este insecto. (Bumelia retusa, Sw.)

RASCA BARRIGA: Espadae amoena, A. Rich. (Goetzea amoena, Gris.)

PALO BRONCO: De la familia de las Malpiguiáceas.

BOMBA: Pico de Gallo, Güimba,, dice Suárez, pino de monte. Xilopa Obtusifolia.

PALO MULATO o YAICUAJE. Exothea paniculata, (Juss.) Radlk.

PALO MALAMBO: Rauwolfia nitida, Jacq.

JOBO: Spondias mombin, Lin.

CLAVO: Eugenia cariophyllata, Thunb.

GUAMA DE COSTA: Lonchocarpus latifolius, (Willd.)

PANASÍ: Hamelia patens, Jacq.

PIÑON DE CERCA: Erithrina cubensis, C. Wright.

GUARA: Cupania cubensis.

JIQUI: Bumelia horida, Gris. Su madera es una de las más duras de Cuba.

PALO GUTARRA.

GUAYACAN o PALO SANTO: Guaiacum offiunale, L. De la familia de las Zigofiláceas.

PALO CACHIMBA: De la familia de las Rubiáceas.

MAJAGUA: Pariti tiliaceum, (L.) St. Hil y el Pariti grande,
Britton, de la familia de las Malváceas.

ALGARROBO: Pithecolobium saman (Jacq.), Benth.

JIA: Arbusto de la familia de las Flacurciáceas.

YAMAO: Guarea trichiliodes, (Linc.)

MACURIJE: Matayba apétala, Radlk.

HUESO: Drypetes alba, Poit.

PIMIENTA: Pimienta officinalis, Lindl.

TORCIDO: Mouriri Valenzuelana, A. Rich.

YABA: Andira Jamaicensis, (W. Wr.)

YAGRUMA: Cecropia, familia de las Moráceas.

DONCELLA: B.Malpigiácea, esp. Byrsonima biflora, Gris.

Con los nombres africanos que se les da en las Reglas de Palo
y Ocha anotaremos sus virtudes y aplicacione.

"No hay palo ni bejuco ni yerba que no tenga "su para qué".
No se verá una sola que sea inútil... Cuando el Padrino se da cuenta que el ahijado llama a cada una por su nombre sin confundir su
aché, le dice que "ya puede andar por el mundo sin miedo".

Estos curanderos o yerbas, que son siempre, forzosamente, adivinos, (sería imposible diferenciar al uno del otro, tanto como se-
parar sus remedios de la magia), y pese a la facultad de medicina,
tienen en nuestros campos, en cada pueblo o villorio, la clientela
que envidiaría cualquier médico principiante de la capital.

En un viaje a la interesante ciudad de Trinidad, en el tren solamente, recogí para un lumbago que me obligaba a apoyarme en un
bastón, ocho direcciones de curanderos, tres "con buenas asistencias
espirituales", (de espíritus de negros de nación), que oficiosamente
me facilitaron unos pasajeros y... el maletero. Una jovencita muy
pálida, de facciones finas, unos ojos verdes febriles, el aspecto in-
confundiblemente enfermizo, recuerdo que hablaba de la curandera
de Guaracabulla, famosa en la provincia, "que había salvado la vida
a su madre" y "que ahora iba a curarle a ella los pulmones que los
tenía muy débiles".

En el pueblo de Placetas, la antigua reina del Cabildo africano,
la Má Antoñica, hacia prodigios con sus yerbajes; aunque murió hace
años, sigue curando "en espíritu", a través de una mulata que crió
desde niña y le sirve de medium. No pude hablar con ella en aquella ocasión: su casa, que todos siguen llamando de Má Antoñica,
y a la que me condujo el negro José de la Cruz, —el último calese-

ro— antiguo esclavo de los Fortún, fundadores de Placetas: —"En tiempo España, niña, quien me lo diera... cuando yo iba montao en caballo, mi polaina, mi sombrero de copa alta, ¡ay! como taba negro pá mirarlo, bien comido, bien vestido, con la salú potenciote", pero la casa se hallaba invadida de gentes de todos colores que habían venido a consultarse de todas partes. Tuve que escoger entre perder el tren o aplazar mi visita para mejor ocasión. José de la Cruz conocía, pues las había experimentado y preconizaba como infalibles, muchas recetas de Má Antoñia que puede anotar, prometiéndole al viejo calesero que no tardaría en poner en práctica el remedio, que según él, habría de librarme enseguida de mi molestia y que consistía en obtener que dos jimaguas se sentaran durante unos minutos en mi cintura adolorida. Los jimaguas, "los manda el cielo" y tienen ,es bien sabido, dotes sobrenaturales.

En Trinidad, Má Dolores ha dejado un recuerdo imperecedero. Curaba a sus devotos pacientes, añadiendo a la virtud de *Eggüé*, la virtud del agua de cierta poza en que los bañaba; la célebre poza de Má Dolores. Si por casualidad el que iba allí a bañarse abrigaba algún propósito reprobable, —o dudaba del poder de Má Dolores, surgía del fondo un *Güije* iracundo que con horrorosos *jeribeques* lo espantaba.

En los ríos de Trinidad abundan los *güijes*, estos duendecillos del agua que muchos viejos matanceros pretenden sea el mismo *chichereku* apresado por el hechicero y que en guerras nocturnas se lanzaban los brujos: tienen el aspecto de un morenito retinto no mayor de siete años y corren con velocidad pasmosa sobre el agua.

El *Güije* sería el guardiero o centinela de la poza de Má Dolores la curandera, como el majá [32] lo es de las *Gangas* congas. "El majá sale a recibir al que va por primera vez a casa de un Moyombe. Es su portero. Vigila. Si una persona viene a llevarle algo malo, el majá

---

[32] *Oggún*, "en un tiempo, cuando era niño, fué majá". Gracias a *Olofi* recuperó la forma humana. Más tarde traicionó a su padre, mancillando a la mujer, de éste que era... su propia madre. *Olofi* castigó al insensato metamorfoseándolo en hierro a fin de que trabajase incesantemente y expiase su pecado, día y noche... *Oggún* para descansar se emborracha. Es el dueño de los hierros, el Vulcano del panteón lucumí.

Es marido de la diosa *Yemayá*. *Olokún* después que ésta fué repudiada por *Orula* (San Francisco) cuando descubrió que ella adivinaba en su tablero y divulgaba sus secretos... "No quiero mujer que sepa más que yo" —le dijo el descifrador de *Ifá* a *Olofi*; o bien, después que ésta sorprendió en un pozo a *Orula* con su hermana *Oshún*.

no lo deja pasar. Si es persona deseable, de, bien, el majá se enrosca en su cuerpo sin hacerle ningún daño".

Aunque en efecto muchos ganguleros tienen en sus casas una de estas serpientes, enteramente inofensivas a pesar de las patrañas que corren sobre ellas, (el *majá* paraliza a un hombre con sólo mirarle, lo incapacita) o dicen que la tienen en un afán de aumentar su prestigio por el temor que inspiran, hasta hoy no he tenido la suerte de ser acogida por ninguno de estos sabios centinelas que adivinan las secretas intenciones del visitante y en consecuencia lo admiten o rechazan. El majá es tan buen yerbero, aseguran, que si alguien lo corta en dos con un machete y lo deja en el campo abandonado, no tardará en aparecer otro majá con una yerba en la boca, que él solo conoce y que tiene la propiedad de revivirlo y de unir el cuerpo que el acero separó.

En Matanzas, a fines del siglo pasado, eran muy sonadas las fiestas de *Ocha* que celebraba el santero Florentino, (a) *Siete-Cabezas*, quien cumpliendo una promesa anduvo toda su vida con los pies descalzos: "Siendo muy niña", me cuenta una matancera, "nos huimos de casa mi hermana y yo, y nos metimos en el toque de Florentino. ¡Qué horror! Florentino abrió un escaparate. Estaba atestado de cosas: él tenía en la mano un machete corto y cantaba, no se me olvida el canto

"E... lucere lucere
       lucere lucere
       Aladdó".

Todo el mundo, ya no se cabía allí, cantaba con Florentino, *"lucere lucere Aladdó"*. De aquel armario "vimos salir un majá inmenso que se enroscó e su cuerpo. Nosotras temblábamos de miedo. Luego el majá, muy despacio, se desenrredó y volvió a meterse en el escaparate". Aquel majá cuidaba la casa del santero y éste podía marcharse dejado abierta su puerta sin temor a que nadie en su ausencia se atreviera a penetrar en ella. Pero mi informante Baró sostiene que el mejor guardián de la *ganga* y de la casa del gangulero es *Brucoco*, un plumero en una vara que remata un casquillo con un aguijón. Las plumas han de ser de tocoloro, pavo real, arriero, carpintero y gallo. El brujo lanza a *Brucoco* con fuerza para clavarlo detrás de la puerta. Si un enemigo viene a presentarse, *Brucoco* cae. Es la manera que tiene de advertir a su dueño de algún peligro. ¿La policía, que intenta prender al gangulero y llevarse la *ganga*? Un ruido sordo y leve, *Brucoco* que se desclava y cae al suelo. "*Brucoco* avisa mejor que *Emboma* (majá). *Brucoco* cambia la *finda* (manigua). Siempre que algo no conviene, *Brucoco* se deja caer". Naturalmente a éste curioso guardián se le espurrea con aguardiente y se le ahuma con tabaco. (*Brucoco* recuerda a *Kisenga Warina* o "aguanta-mano" (la del espíritu cuando se apodera de un "caballo", especie de cetro, que consiste en una tibia que se forra de una tela negra y se adorna con plumas, (*kandango*) de diversas aves)

Aguanta la *kisenguere*
"Aguanta, aguanta la *Kisenguere*

canta el *Sambiantú* (el brujo y también se llamaba así a los congos reales reputados de "brujos") se pasa tres veces este cetro o... plumero sagrado por las piernas, detrás de la cintura, los hombros y la cabeza cuando baja el espíritu, el *Insongo*. También el gangulero empuña la *Kisenga* para despedir al espíritu.

La Jicotea, (*Enfuro, Adyákwá*) es guardiero excelente, pero de este anfibio (*Emys Decussata*, de Poey), personaje importante de nuestro folklore, Messire Renard del continente africano, espléndidamente nacionalizado cubano y cuyas historias han hecho reir tanto a nuestro pueblo con sus picardias, habría demasiado de que hablar por todos los "misterios" y virtudes que se le atribuyen. Sólo el agua del recipiente en que vive una Jicotea es el mejor "mata brujo" que se puede utilizar para defender de *Malembo* o de *olagrisa* la puerta de la casa.

En fin, de los palos arriba mencionados, el Mayombero tomará un trozo de la raíz. "En ese pedacito está el espíritu que se pone en la *ganga*" [33]. (Siempre en magia, una parte representando el todo). Al palo viene "santo" congo, como a las piedras "santo"

---

33 Los "palos que contiene la *ganga* de X X: Ceiba, Quiebra Hacha, Dagame, Cuaba, Jagüey, Laurel, Malambó, Caja, Yaya, Jia, Guayacán, Pasas Negras, Jigoi, Gabui, Caoba, Guitarra.

La de X los siguientes: Jurubana, Ceiba, Cuabaliri, Batalla, Tengue, Guairo, Quiebra Hacha, Cocuyo, Curujey, Lalambo, Guairaje, Jocuma, Negrito, Hueso Guachinango, Moro, Bijagua.

Por lo general son estos los más buscados: Yaya, Cuabaliri, Batalla, Pimienta, Corujey, Yairé, Quiebra Hacha, Guayacán, Guaro, Tengue o Dagame, Tocino, Pasas Negras, Caja Malambo, Venado, Chicharrón, Jiquí, Cogote de Toro, Negrito, Jacuma, Cocoyo, Bijagua, Saca Cuero, Bijagua, Cuachinango, Guairaje, Laurel, Moruro, Hueso, Jurubana, Curamaguey, Ceiba.

lucumí, y le bastará una astilla de cada árbol para "cargar" su *ganga,* (o su *Empaca,* tarro de chivo, de novillo o de carnero) y tener en ella, aunque pulverizados, a todos los palos del monte con sus espíritus [34].

---

[34] El color del pañuelo que el *Inkisa* ciñe a su frente o en el que cubre a su *ganga* significa si es negro, que su *Ganga,* es *Judía,* que sólo se ocupa de hacer daño.

He aquí textualmente como nos define su "regla" uno que en sus mocedades fué *Mayombero Judío:* "estábamos siempre con el Diablo, la prenda que juramos no puede ser más que mala: cuando menos se piensa hasta hay que darle a comer cristiano, si no lo puede desgraciar a uno mismo. Tiene que vivir debajo de una mata... No puede acercársele mujer ni muchacho; no, las mujeres no pueden andar con ella. No se la toca ni se le habla mucho, hay que ponerle tabaco encendido y dejarlo allí .Cuando usted la necesita, vá allá a donde la tenga y le dice: "Fulano de tal tiene que reventar dentro de tantos días. ¡Es tuyo! Con la misma échele bastante alcohol y déle candela. Estas prendas se preparan con *Kiyumba* y huesos de malhechor. De algún asesino. O de algún suicida. De un loco, de alguien que ha muerto de mala muerte y es un espíritu endiablado y en pena que quiere vengarse.

Los animales, los pájaros que sean de la muerte o del diablo como *Mayimbe,* (aura tiñosa) *Susúndamba* (lechuza) y el Murciélago".

Pero las *Gangas Judías,*" dan muchas contrariedades: le tienen miedo a los santos. La verdad es que ésta se espanta con todo... Tiene que andar esperando la hora oportuna para sorprender a la persona que el va a... (aquí una palabrota) "no puede oir mentar a Dios" "*Ganga Judía* se esconde mucho. Ve un espíritu y huye y se esconde; y que un individuo esté rayado en Mayombe cristiano, impide en un templo Judio que se trabaje". "No trabaja más que a ciertas horas". Efectivamente, una de mis conocidas, hija de lucumí, acompañando a una allegada suya a un "templo" congo que desconocía, tuvo que abandonarla a pettición del Mayordomo. "Estaban dando *fula*" (pólvora) en el cuarto de la *ganga,* y el trabajo de ninguna manera caminaba. Se registra... el brujo preguntó repetidas veces si afuera alguno de los presentes portaba algún resguardo o detente de la Iglesia. Pues no, ninguno de los que estaban declaró tener consigo un resguardo y volvieron a prender la pólvora sin obtener ningún resultado... Por último esta mujer se dió cuenta que llevaba en la cartera una medalla de San Luis Gonzaga que ella misma había bañado en la pila bendita de agua de una iglesia. Se le rogó que se marchase e inmediatamente después ardió la pólvora y pudo salir la *Uemba* a cumplir su cometido".

Un *kimbisero* asistió a las terribles convulsiones que su presencia produjo en un "juego-judío", entre algunos asistentes y el "caballo"; llevaba al cuello bien visible el crucifijo que ostentan todos los adeptos de su regla.

La diferencia, —¡tan relativa!— entre lo que llama el negro brujería *cristiana* y *judía,* consiste "en que *Mayombero* judío no reza, ni ruega, no chiquea; manda fuerte, con desvergüenzas"; el cristiano no, le pide al "santo", lo adula... Es decir, el *judío* no admite un principio bondadoso superior a él y al que hay que rogar y halagar.

Made in the USA
Columbia, SC
02 March 2020